小梅のとっちめ灸

(四)傘ひとつ

金子成人

小梅のとっちめ灸

（四）傘ひとつ

DTP　美創

目次

雷門
大川橋
駒形堂
浅草御蔵
亀戸天神
横十間川
柳橋
本所
両国橋
竪川
大
川
高砂橋
新大橋
高橋
小名木川
万年橋
仙台堀
木島屋
永代橋
油堀の猫助の家
笹生亭
永代寺
富ヶ岡八幡宮
北
蓬莱橋
三春屋
0
1000m

不忍池
忍川
湯島天神
神田明神
(日本橋高砂町)
薬師庵
(元大坂町)
治郎兵衛の長屋
浜町堀
高砂橋
鬼切屋
(日本橋竈河岸)
神田川
両国
西広小路
浜町堀
時の鐘
江戸城
日本橋
拡大図へ
北町奉行所
日本橋
日本橋川
箱崎
湊橋
霊岸島
南町奉行所
築地
秋田金之丞家
本願寺

地図制作：河合理佳

第一話　傘ひとつ

一

江戸の桜の見頃は、十日ほど前が頂点だったらしい。

日本橋高砂町《たかさごちょう》で『灸据所《きゅうすえじょ》　薬師庵《やくしあん》』を開いているお寅《とら》と小梅《こうめ》の母子は、花見だからと言って気ままに仕事を休むことはなかった。

療治を求める客の都合に合わせるというのが、『薬師庵』の信条である。

従って、季節ごとの祭事や行事などに母子二人で出かけることなどほとんどなかった。

とはいえ、町の出来事や噂などの多くは『薬師庵』にやって来る客の口から耳に入るから、世情に疎くなることはなかった。

「隅田川の桜は、もはや葉桜だよ」

そう言っていたのは、昨日の夜『薬師庵』に顔を出した佐次《さじ》である。

浅草下平右衛門《しもへいえもん》町の船宿で船頭を務める佐次は、花の頃、客を乗せた屋根船を操って、花の名所の大川を何度となく上り下りしていた。

たとえ桜が見頃を過ぎても、次は杜若《かきつばた》に藤にと、寺社の境内や行楽地に人が集まる時節となる。

天保十四年（1843）三月中旬の昼下がりである。

春らしい鶸《ひわ》色の地に紺色の仲蔵縞《なかぞうじま》の着物の小梅が、伽羅《きゃら》色の裁着袴《たっつけばかま》に下駄を履き、手には灸の道具箱を提げて築地川に架かる軽子《かるこ》橋を渡っている。

春も深くなると、川面で煌《きら》めく日の光もどことなく柔らかい。

『灸据所　薬師庵』は、客を迎え入れて灸を据えるのだが、中には出療治を頼む客もいる。

大身のお武家や奥方、姫様、それに大店《おおだな》の奥向きの女衆などの多くは出療治を望むので、遠方でなければ引き受けることにしていた。

とはいえ、昼前は『薬師庵』にやって来る客も多いため、出療治を受けるのは昼からとし、何か所かを小梅が一人で掛け持ちをすることもあった。

「あたしまで出療治で『薬師庵』を空けたら、急にやって来る人に悪いじゃないか」

そう言うお寅は、年が行っていることも出療治に出ない言い訳にしているが、ただ歩き疲れたくないだけのことだと、小梅は以前から見抜いていた。

今日の出療治の先は、御書院番を務める二千石の旗本、秋田《あきた》金之丞《きんのじょう》家のお屋敷で、築地本願寺西側の築地川沿いにあった。

療治を受けるのは秋田家の次女、綾姫《あやひめ》である。

「お願いいたします。日本橋の『薬師庵』から参りました」

築地川に面している秋田家の表門を潜った小梅は、式台の前で声を上げて待つ。

が、待つほどのこともなく、

「お上がりなさい」

奥から現れた顔見知りの若い家士が、廊下の奥の方を手で指し示した。

「では」

軽く会釈をした小梅は、下駄を脱いで式台に上がると、家士について廊下を奥へと進む。

「『薬師庵』の灸師をお連れしました」

庭の縁側に膝を突いた家士が、障子の中に声を掛けた。

「どうぞ、中に」

聞き覚えのある牧乃《まきの》という侍女の声がすると、障子を開けた家士が、中に入るよう小梅を促す。

「失礼します」

声を掛けて十畳ほどの部屋に小梅が入ると、家士によって縁側の障子が閉められた。

「小梅さん、いいお日和になりましたね」

枕の置かれた薄縁《うすべり》に膝を揃えていた綾姫が笑みを向けた。

「お声を掛けていただき、ありがとう存じました」

小梅が綾姫と牧乃に会釈をすると、

「さっそく、療治に取り掛かっていただきましょうか」

そう言った牧乃は、綾姫が白い襦袢《じゅばん》の上から羽織っていた薄手の上っ張りを脱がせた。

綾姫付の侍女である牧乃はいつも甲斐甲斐しい介添えをしてくれる。

年齢をはっきりと聞いたわけではないが、秋田家の用人である飛松彦大夫《とびまつひこだゆう》や綾姫の話しぶりから、当年とって、四十三か四くらいだと推量している。

「姫様、まずは仰向けにお願いします」

小梅が指示を出すと、「うん」と答えた綾姫は、牧乃の手を借りて薄縁の上に背中をつけ、頭を枕に載せて仰向けになった。


綾姫の療治場になっている十畳の部屋の障子は、庭に射す午後の光の照り返しできらきらと輝いていた。

障子を輝かせているその光が、肌を露わにした綾姫の白い背中をさらに白くしている。

気鬱《きうつ》や不安感などに効く『膻中《だんちゅう》』『肓兪《こうゆ》』のツボのある胸や腹部への灸は先刻済ませ、今は、襦袢の襟を腰の近くまで引き下ろして、冷え性のツボである『膈兪《かくゆ》』

と『肝兪《かんゆ》』に灸を据えていた。

小梅が綾姫の療治をするようになったのは、去年の九月頃のことだった。その二年ほど前から、通い療治で『薬師庵』に来ていた用人の飛松彦大夫に頼まれて、冷え性で難儀しているという綾姫の療治を引き受けたのが出療治の始まりだった。

それから一月が経った十月の療治の時、うつ伏せになった綾姫の後頭部に碁石ほどの大きさの禿《はげ》を見つけたのである。

首の辺りに灸を据えることがそれまでなかったので、後ろ髪の下に隠れていた禿に気付くことはなかったのだが、その時は、『膈兪』に置こうとした艾《もぐさ》を綾姫の肩口に落とし、それを拾おうと後ろ髪の辺りに顔を近づけたために、禿が眼に入ってしまったのだった。

療治の後、別間で対面した侍女の牧乃は綾姫の禿について、それは三月も前に見つけていたのだが、綾姫には禿があることは伏せていると洩らした。

若い女の禿をそれまでにも見てきた小梅は、若くして禿げる娘の多くが、似たような気性を持っていることに気付いていた。

些細なことにくよくよと思いを巡らせたり、胸の奥に抱え込んだりして気鬱ぎみになるというもので、たいていが不安と不眠に悩んでいたのだ。

そんな不安と不眠を少しでも和らげることが出来れば、おのずと禿は治るに違いないと考えられた。

そのことを牧乃に諮《はか》り、綾姫には冷え性の療治と偽って、気鬱や不安の解消に効く灸を据えることにしたのだった。

ところが、今年になって秋田家に里帰りしていた姉の小萩《こはぎ》が妹の禿を見つけて、気遣《きづか》いすることなく本人に知らせたのだ。

綾姫は、小梅と牧乃が禿を知っていながら隠していたと怒りをぶつけた。

下手に謝ると埒《らち》が明かないと踏んだ小梅が、今後の療治を断るというような強い態度に出ると、綾姫は渋々折れて、灸の療治を続けることを受け容れたのだった。

灸が効いたのか、最近の綾姫の禿は、以前より小さくなっている。

「姫様、今日から、足の裏の『失眠《しつみん》』のツボには、棒灸を施しますよ」

小梅は、道具箱の引き出しの中から、小指ほどの太さの棒灸を取り出して見せた。

「これを?」

牧乃が棒灸を見て息を呑んだ。

艾を紙に巻いて小指ほどの太さにしたもので、棒の先に火を点けるものの、その火を直にツボに押し当てるわけではない。棒の先端の熱を、地肌に触れないように一寸（約三センチ）ほど離して近づけ、ツボに熱を与えて療治する施術である。

「小梅さんに任せる」

綾姫から許しが出ると、小梅は棒灸の先端に線香の火を点けた。

普通の艾を燃やすよりは多くの煙が立ち昇る。

小梅は綾姫の足裏に火が触れないよう用心をして、踵《かかと》辺りにある不眠のツボ『失眠』に棒灸の熱を近づける。

「あたたかい」

俯いた綾姫の口から、快い声が洩れた。

「熱くはありませんか」

「心地よい」

綾姫は、牧乃の心配を一言で片づけた。

小梅が棒灸を『失眠』のツボに三度近づけたところで、

「小梅さんは、潮干狩りというものをしたことがありますか」

綾姫から、そんな問いかけがあった。

「『薬師庵』の仕事をするようになってからは、潮干狩りに行くこともありませんが、子供の頃は今時分、深川の洲崎《すさき》で潮干狩りをしたもんですよ」

小梅が応えると、

「潮が引いた浜辺では貝が採れるのだと、屋敷の者が話してくれた。蛤《はまぐり》や浅利などが笊《ざる》一杯採れると申したが、本当のことだろうか」

「本当ですよ」

小梅は、言葉に力を籠《こ》めた。

「牧乃、わたしも、潮干狩りというものをしてみたい」

綾姫が声を発すると、

「ご家老様やご用人様に話を通してからのことになりますが」

牧乃は、困惑したように返事をした。

しかし、洲崎の潮干狩りは近年多くの人出があり、船と船がぶつかったり、酒に酔った者たちの乱暴狼藉の横行に悩まされたりしていると聞くから、秋田家の家老や用人が許すかどうかはなんともいえない。

二

綾姫の療治の後、小梅はいつも通り、療治の部屋から少し離れた別の部屋で茶のもてなしを受けていた。

そこに同席していた飛松彦大夫に、綾姫の禿の縮小が顕著であることを伝えると、安堵したように大きく頷き、

「療治を続けた甲斐があったということだな」

しみじみと言葉を吐いた。

「綾様は、明朗快活な姉上様と違い、幼い時分から心持ちが細やかで、あれこれと気を遣い、悩みなどを胸の内に溜めておられた。それが、心身に変調を来し、ついにはあの禿に——しかし、そのような、内に籠《こも》るご気性も、このところ変化が見られる」

「それは、わたしにもそう見えます」

「怒ったり笑ったりと、心の内を表に出されるようになったと思わぬか」

「思います」

小梅は、彦大夫の問いかけに素直に頷いた。

「それもこれも、小梅殿の灸のお蔭だな」

「そんな」

「いや。灸というより、灸を据えてくれる小梅殿と年が近いゆえ、話が弾んでいるせいではあるまいか」

「そう言っていただけると、灸師冥利に尽きるというもので」

軽く頭《こうべ》を垂れた小梅は、膝元に置かれていた湯呑に手を伸ばし、口に運んだ。

「飛松様、話は変わりますが」

茶を一口飲んだ小梅が、少し改まった。

「なにかな」

湯呑を口元に運んだ彦大夫が、笑みを浮かべて小梅に眼を向けた。

「先月のことですが、老中の水野様からこちらのご当主に、北町奉行への御役替えの打診があったと飛松様から聞いた覚えがあるのですが、秋田家とご老中とはそれぐらいお親しいのでしょうか」

硬くならないよう、小梅は努めてさりげなく口を利いた。

「いや。親しいというほどではない。ただまぁ、秋田家も江戸開闢《かいびゃく》以来続く家柄ではあるゆえ、水野様との交誼《こうぎ》も長いことは長いが、それがなにか」

彦大夫はそう返答をしたが、不審を覚えているような口ぶりではない。

「いえただ、なんといいますか、老中の水野様と親しいのなら、南町奉行の鳥居《とりい》耀《よう》蔵《ぞう》様とも親しいのかと、ふっと思ったものですから」

小梅は笑いを交えて尋ねたわけを伝えたが、

「いや。鳥居様とは親しくはないな」

彦大夫の声には、わずかに冷ややかな響きがあった。

そして、

「先日も話したような気がするが、当家の金之丞様はむしろ、先日北町奉行を罷免となられた遠山景元《とおやまかげもと》様を慕っておられたのだ。従って、当家の殿様は鳥居様を敬遠なさっておられるし、ご老中水野様と推し進めておられる改革には、眉をひそめておいでだよ」

あからさまに渋い顔をした彦大夫が、

「しかし、小梅殿がなにゆえ、そのようなことを気にするのかな」

小梅の顔を不思議そうに見た。

「実は、とある材木問屋の主の口利きで、深川に出来たお武家様の別邸に灸の療治に伺ったんですが」

そう切り出した小梅は、侍の着物の背中に鳥居笹の紋所があるのを眼にしたのだと打ち明けた。この別邸の主かと尋ねたら、「鳥居だ」との声が返ってきたので、もしかすると、今を時めく南町奉行の鳥居耀蔵ではないかと思ったのだと事情を述べた。

「年恰好は、どのくらいであったな」

「多分、四十五、六かと」

小梅が応えると、

「年恰好は、鳥居様と同じくらいだが」

小首を傾げた彦大夫は、そう呟いた。

「このところ世間では、南町奉行の鳥居様のことを非情だとか酷薄だとか、毒を持つ蝮《まむし》だ妖怪だと言っているようですが、療治に伺った時は、物言いは柔らかく静かだったものですから」

小梅は、深川の別邸で言葉を交わした時の印象を素直に口にした。

「それだよそれ。残忍峻烈な顔と磊落《らいらく》柔和な顔を使い分ける鳥居耀蔵は、だから信用ならぬと、当家の主は普段からそう申しておられるのだよ」

苦々しい顔を見せた彦大夫は、さらに、

「鳥居様がもう少し砕けた方ならいいのだが、林家という学者のお家に生まれたせいか、理が勝つのだよ。堅苦しい規範というものがな。だから、規範に沿わぬ者には容赦がない。それに対して当家の殿様は歌舞音曲を好まれ、若い頃は芝居小屋に通い詰められたくらいだから、鳥居様と気が合うわけがないのだよ」

「なるほど」

呟いた小梅は、湯呑の茶を飲み干した。

「鳥居様は、鳥居家の養子になられる前に、生家の林家に奉公していた下女といい仲になって、子まで孕《はら》ませたという噂を耳にしたが、あれは本当のことだったのであろうか。本当なら本当で、こっちの見る眼が変わるのだがな。そうは思わぬか小梅殿。下女といい仲になるくらいの柔らかな気質ならば、陰険猜忌《さいき》などという悪口を浴びることもなかったであろうに」

そう言うと、彦大夫は「ハハハ」と大きな笑い声を上げた。

「飛松様、牧乃ですが」

声が掛かるとすぐ、

「おおそうだ、入るがよい」

彦大夫が思い出したように、即座に返答した。

廊下の襖が開くと、牧乃が両膝を進めて部屋に入って来た。

「この牧乃から、小梅殿に口添えをと頼まれていたのだよ」

「なにか」

小梅は、彦大夫の少し後ろに控えた牧乃に眼を向けた。

「このところ、立ったり座ったりした時に、ちと、膝が痛むのですよ。それに、腰が妙に重くなりますし」

牧乃は、苦笑いを浮かべて小梅に訴えた。

「それで牧乃も、小梅殿に灸の療治を頼みたいというのだが、どうであろうか」

「そんなことはお安い御用ですよ。なんなら、今日これから灸を据えましょうか」

小梅が、彦大夫の問いかけにそう返答すると、牧乃は大きく手を横に振り、

「それはとんでもないこと。お仕えするわたしがこのお屋敷で灸を据えるなど、滅相もない。日を改めて、わたしが日本橋の『薬師庵』に出向きたいと思いますが」

と、手立てを口にした。

「なるほど。それなら、いつでもお出でください」

笑みを浮かべた小梅は、牧乃に向かって大きく頷いた。

三

日は西に傾いて、日本橋高砂町界隈は建物の影が長く道に伸びている。

西に傾いてはいるが、日の入りは、まだ一刻半（約三時間）くらい先だろう。

旗本の秋田金之丞家を出た小梅は、町奉行所の与力や同心が住まう八丁堀を突っ切ると、鎧ノ渡《よろいのわたし》から渡船で日本橋川を渡り、銀座の脇から『玄冶店《げんやだな》』を通り抜けて

高砂町に帰り着いたところである。

戸に手を伸ばしかけた小梅は、『薬師庵』の看板の下に『やすみます』と記された小さな木札が下がっているのに気付いた。

留守を預かる母親のお寅が、仕事を投げ出しているということだ。

いったいどういうことか――胸の内で叫んだ小梅は、勢いよく戸を開けて土間に飛び込んだ。

「おっ母《か》さん、療治を休むとはいったいどんな料簡だい」

下駄を三和土《たたき》に脱ぎ飛ばした小梅が障子を開けて居間に押し入った途端、ぎくりと足を止めた。

長火鉢の傍で横になっていた人の体がむくりと動き、顔を上げた。

「なんだ、弥助《やすけ》じゃないか」

小梅が声高に口を開くと、二本の角をつけた鉢巻きを頭に巻き、細股引の上から虎柄の褌《ふんどし》を穿《は》いた『雷避けのお札売り』の装《な》りをした弥助がのそのそと起き上がり、

「どうも」

神妙に頭を下げて、小さな太鼓を幾つか付けた竹の輪が置かれた畳に膝を揃えた。

「お前さん、ここで何をしてるんだい」

余りの光景に、小梅が伝法な口を利くと、

「それが、お寅さんは難波《なにわ》町裏河岸のお菅《すが》さんの家にお行きになってまして」

弥助からやけに丁寧な声が返ってきた。

「その、つまりおれは、売り物の雷避けのお札が足りなくなったんですが、運よくこの近くを歩いていたもんですから、金助《きんすけ》さんの長屋に取りに戻ろうとしたわけです」

弥助が口にした金助というのは、小梅が親しくしている、元は香具師《やし》の元締だった『鬼切屋《おにきりや》』の面々の一人である。

住処《すみか》を失った弥助を、金助が受け入れてくれている。

「そしたら、同じ町内の『弁天店《べんてんだな》』に住んでるお菅ばぁさんが、近所の金貸しと長屋の外で大喧嘩の最中でしてね」

弥助は、『薬師庵』の常連客の一人であるお菅の名を口にした。

周りから〈拝み屋〉と呼ばれているお菅は、どこのなんという神様を拝むのかは明らかにしないまま、失《う》せ物が見つかるようにとか病の平癒とかを神様に頼み込んで、〈拝み代〉を得ていた。

『薬師庵』に出入りしている弥助の顔を覚えていたらしく、

「お寅さんを呼んで来てくれ」

というお菅の頼みを聞いてお寅のもとに駆け付けて来て事情を話すと、

「お前さんは家の中で留守番をしていろ」

お寅からそう命じられた弥助は、『薬師庵』の看板の下に『やすみます』の木札を下げて留守番をしていたのだと、その経緯を述べた。

「それはすまなかったね。勘弁しておくれ」

小梅が丁寧に詫びを入れると、弥助からは、

「いえ」

と、律義な声が返ってきた。

その時、出入り口の戸の開く音がして、何事か言い合いながらお寅とお菅が居間に姿を現した。

「おや、帰ってたのかい」

小梅に声を掛けるとすぐ、お寅は長火鉢に両手を突いて腰を下ろし、お菅は

「あぁあ」とため息交じりの声を上げて、お寅の向かい側に座り込んだ。

「あ、弥助さん、留守を預けて済まなかったね。もう仕事に行ってくれて構わないよ」

「へぇ。それじゃあっしは」

弥助はお寅に会釈をすると、小さな五つの太鼓を付けた竹の輪を摑んで腰を上げた。

「お稼ぎよ」

お菅からも声が掛かると、

「へい」

弥助は明るく返事をして居間を出て行った。

「ちょっと聞くけどね、お菅さんの喧嘩に、どうして『薬師庵』を休んでまでおっ母さんが駆けつけなきゃならないんだい」

小梅は、出て行く弥助が戸を閉める音を聞くとすぐ、お寅とお菅を向いて膝を揃えた。

「そのうえ、お札を売って稼がなきゃならない弥助さんに留守番までさせてさぁ」

「お前はそう言うけどあれだよ、よく言うじゃないか。義を見てせざるはなんとかってさぁ」

お寅が小梅に異を唱えると、

「義を見てせざるは勇無きなりだね」

お菅が悠然と口を開く。

「おっ母さんの言う義っていうのはなんなんだい」

小梅は畳みかけた。

「いえね、拝み屋の稼ぎが減って、遂にお菅さんも金貸しに借りる羽目になったのかと思ってさぁ」

お寅は口を尖らせてそう言うと、『話せ』と促すようにお菅に目配せをした。

するとお菅は、

「あたしは金貸しの源吾兵衛《げんごべえ》なんかに金を借りたことはありませんよ」

大きく胸を張って述べた。

そして、

「頼まれて拝んでやったあたしに源吾兵衛は腹を立てて、以前渡した拝み代を返せとねじ込んできたんだよ」

口を尖らせて憎々しげな物言いをした。

この日の諍《いさか》いの発端は、源吾兵衛に頼まれてお菅が務めた〈神頼み〉だった。

金を借りておきながら、その後一文も返さず、姿をくらました三人の男女の居所を、神様に拝んで聞き出してほしいという源吾兵衛の依頼を、お菅は一月以上前に受けたのである。

「だがね、金貸しというが、源吾兵衛が相手にするのは一両（約一〇万円）二両を借りたい連中じゃない。貸すのは銭さ。払いを待ってもらってる薬屋に二十文（約五〇〇円）だけでも払っておきたいとか、質草の請け出しに五十文（約一二五〇円）足りないと切羽詰まってる貧乏人たちだよ。だけど、法外な利子を取ってるから、儲けは出てるという噂はこの耳にも入ってたんだよ」

にやりと笑ったお菅は、

「だから、拝み代を一朱（約六二五〇円）出すなら拝んでやるよと言ったんだ。そしたら、渋い顔をしたものの、源吾兵衛は承知したんだよ」

お菅は、源吾兵衛から金を借りたまま行方をくらました三人の男女の名を聞いて紙に認《したた》め、御幣《ごへい》を振って祈禱すると、やがて御託宣があったという。

　一人の若い男は、内藤新宿の先の角筈《つのはず》村にいるというお告げを聞いたと、お菅は源吾兵衛に伝えた。もう一人の男は、北品川の旅籠《はたご》に潜り込んでいるとのお告げがあり、一人の女は、四谷御門外鮫《さめ》ヶ橋谷町《はしたにまち》で、夜鷹の仲間たちと暮らしているとのお告げがあったので、その旨を源吾兵衛に伝えたのだった。

　すると源吾兵衛はすぐに何人かの人手を集めて、三方に捜しにやったものの、それらしい男女はとうとう見つからなかったのだ。

「そしたら、今日になって源吾兵衛がやって来て、三人の男と女が、行先で暮らしてる町名や長屋の名を教えろと凄《すご》んできたから、あと一両出すならもう一度神様に聞いてやると言ったら、源吾兵衛め、目を吊り上げて怒りやがってさ。当たらなかったから、最初の拝み代の一朱を返せとまで言い出したんだよ」

　そこでついに、お菅と源吾兵衛の間で「返せ」「返さない」の言い争いが起きたという。

「そんなことで揉めてるところに、お菅さんからの言付けを弥助から聞いたあたしがようやく駆けつけたってことなのさ」

そう言うと、お寅は片手でぽんと火鉢の縁を叩き、講釈場の釈台代わりにした。

お菅の家に駆けつけたお寅は、揉め事の顚末を聞くや否や、

「金貸しのくせに人を見る眼のないあんたが悪い」

と、たった一言で源吾兵衛を黙らせたのだと、お菅が密やかに打ち明けた。

「お寅さんが言うにはさ、こいつは借りた金を返す奴かどうかを見極められない金貸しの罪だというんだよ。そしたら、源吾兵衛の奴、唇嚙んで泣きそうな顔して帰って行きやがったよ」

「まぁまぁお菅さん、あたしなんかを持ち上げてどうするのさ」

お寅はお菅の前で片手を振って止めたが、その顔には満更でもない笑みが広がっていた。

「あのぉ小梅さん、言い忘れたことがあったもんで」

戸口の方から、遠慮がちな弥助の声がした。

「弥助さん、上がっておいでよ」

小梅が声を張ると、

「いえ、もう上がるほどのことじゃねぇもんですから」

遠慮気味な声を聞いた小梅は、居間を出て、弥助が立っている三和土の框《かまち》近くに立った。

「大したことじゃないんですけど、昨日、治郎兵衛《じろべえ》さんに会ったら、例の小三郎《こさぶろう》捜しの進み具合を気にかけてたようなんで」

「あぁ、そのことね」

話を受けた小梅は、

「今夜あたり、治郎兵衛さんの長屋に行ってみることにするよ」

弥助に向かって、笑みを浮かべて頷いた。

四

日が沈んで半刻（約一時間）は経っているから、六つ半（七時半頃）という頃おいだろう。

日暮れていても、小店や料理屋、居酒屋から洩れ出る明かりで、通りはそれほど暗くはない。

高砂町から南の難波町にかけては、かつては吉原と呼ばれた遊郭があった。

だがそれは、明暦の頃に大火事に遭って焼け、その後は千束《せんぞく》の日本堤に遊郭は移り、その地が新吉原とも北里《ほくり》とも呼ばれるようになって、高砂町界隈には元吉原という呼称だけが残った。

元吉原と境を接する『玄治店』を過ぎて人形町通に出れば、かつては芝居町として賑わっていた堺《さかい》町、葺屋《ふきや》町があるが、天保十二年十月の火事で中村座と市村座などが焼け落ちて、今、芝居町の賑わいは浅草の猿若《さるわか》町に移っている。

日本橋高砂町の『薬師庵』を出た小梅は元大坂町へと足を向けていた。

七つ半（五時半頃）に仕事を終えた小梅は、手間のかからないねぎま汁を作り、朝の残りの飯と焼き魚で夕餉《ゆうげ》を済ませて家を出たのである。

今日の午後、『薬師庵』に来た弥助から、「治郎兵衛さんが小三郎捜しの進み具合を気にかけていた」と聞かされたので、元大坂町を目指したのだ。

治郎兵衛というのは、かつて両国で勇名を馳せた香具師の元締『鬼切屋』に初代親分の頃から仕えていた古老である。

その『鬼切屋』は二代目になってから急速に衰退し、三代目に繋げる前に看板を下ろし、両国から消えたのだ。

三代目になるはずだった正之助《しょうのすけ》は、二代目が早世すると『鬼切屋』の看板には未練は見せず、手のうちにしていた読み書き算盤《そろばん》を生かして、知り合いの料理屋の帳場勤めに励んでいた。

しかし五年ほど前、散り散りになっていた子分の治郎兵衛、佐次、吉松《よしまつ》が正之助のもとを訪ねて、かつての仲間が集まれる『拠《よ》り所《どころ》』が欲しいと懇願したのである。

そのことに心を動かされた正之助は、日本橋住吉町裏河岸の『嘉平店《かへいだな》』にある自分の住まいを、集まりの場にすることにしたのだった。

それ以来、五軒長屋の一番奥にある正之助の家の戸口には、『鬼切屋』と書かれた幅二寸（約六センチ）、縦五寸（約一五センチ）ほどの板切れが、遠慮がちにぶら下がっている。

治郎兵衛の住む元大坂町は、正之助の住む住吉町裏河岸から一町（約一一〇メートル）ばかり西にあった。

「小梅ですが」

治郎兵衛の家の戸口で小梅が声を掛けると、すぐに中から戸が開けられ、

「どうも」

土間に立った弥助が、笑顔で会釈した。

「お上がりよ」

家の中から治郎兵衛の声もしたので、

「お邪魔します」

小梅は踏み入れた土間に下駄を脱いで、治郎兵衛が胡坐《あぐら》をかいている板の間に上がった。

「おれは、米を研いでから上がりますんで」

そう言うと、弥助は土間の流しに向かって立ち、釜の米を研ぎ始めた。

「夕餉はこれからですか」

「いやぁ、そうじゃないんだよ」

治郎兵衛が片手を横に振って小梅に答えると、

「治郎兵衛さんに夕餉をご馳走になったもんで、明日の朝の米ぐらい研いでおこうと思ったまでで」

弥助が治郎兵衛の声を引き継ぐように口を挟んだ。

「やってくれるというんで、こっちは大助かりだがね」

　笑ってそう言うと、治郎兵衛は長火鉢の猫板に湯呑と土瓶を置いて腰を上げかけた。

「治郎兵衛さん、茶ならわたしが淹《い》れますよ」

　両膝を立てた小梅は、火鉢に掛かっている鉄瓶の柄に布巾を巻いて持ち上げ、湯を土瓶に注ぐ。

「茶より、酒にするかい」

「わたしはお茶にします」

　小梅が治郎兵衛に即答すると、

「あっしも茶にします」

　弥助は米を研ぎながら、返事をした。

「おれは、弥助が浅草で見かけた小三郎をつけて、蛇骨《じゃこつ》長屋の女の家を捜し当てたってことまでは、小梅さんから聞いていたんだが、そのあとどうなったのかがちと気になってね」

　治郎兵衛は、小梅が湯呑に注ぎ分けた茶を一口飲むと、静かに口を開いた。

「知らせようとは思いながらも、他の用事にかまけてしまっていて、申し訳ありません」

「なぁに」

治郎兵衛は、『気にするな』とでもいうように、片手を小さく横に振った。

その後の経緯を知らせていなかったことを、素直に謝った小梅だが、蛇骨長屋に住んでいる女が、小梅とは因縁のあるお園《その》という女だということは、伝えないつもりでいる。そのことはちくりと胸を刺すが、お園のことまで話しておく必要はないような気がしていたのだ。

元は髪結いをしていたお園は、姉弟子だった髪結い女が、奢侈《しゃし》禁止令に触れたかどで三十日の手鎖《てじょう》となったのちに自死したことを、我がこととして受け止めていた。髪結いを教わることもあった年上の恩ある髪結い女は、手鎖を解かれた後も心の痛みが消えず、悲観した末に首を吊って死んだと聞いている。

お園はその恨みを、禁止令を振りかざして取り締まっている役人たちの長である鳥居耀蔵に向けているのだ。

あわよくばその命を取ろうとまで目論んでいたお園は、鳥居耀蔵に近づくため、鳥居の別邸『笹生亭《さそうてい》』に出入りしている小三郎に近づいて籠絡《ろうらく》したのではないかと思われる。

そんなお園に、小梅は小三郎に会わせてほしいと頼んだが、けんもほろろに拒まれた。小梅に妙な動きをされることは、鳥居耀蔵を狙うお園にすれば余計なことに違いない。ひとつ間違えば、お園の身も危うくするかもしれないことではあった。

小梅は、そんな推測を治郎兵衛には言わず、

「毎日は無理としても、蛇骨長屋の女の動きに眼を向けていれば、そのうち小三郎に辿り着けると思ってます」

そう言い切った。

「おれも、そう思います」

米を研ぐ手を止めた弥助が、確信に満ちた声を上げた。

そもそも、女と歩いている小三郎を見つけてその行先を突き止めたのは、浅草の古着屋に行っていた弥助だった。

小三郎が行った先が蛇骨長屋で、そこの一軒が女の住まいだと見当をつけたのだったた。しかし、その女が、小梅とはただならぬ因縁のあるお園だということは、小

梅は弥助にも明かしてはいなかった。

「だがね」

低い声を出した治郎兵衛は、

「材木問屋『日向屋《ひゅうがや》』と香具師の『山徳《やまとく》』の親方が入った船宿『鶴清楼《かくせいろう》』で、その二人と共にいた侍二人の名を尋ねた小梅さんをつけて、匕首《あいくち》を抜いたのは小三郎じゃなかったのかい？」

「ええ。そうです」

小梅も声を低めると、治郎兵衛に小さく頷いた。

「ということは、『日向屋』か『山徳』の徳造《とくぞう》が、二人の侍のことを知られたくねぇというので、小三郎を差し向けたということになるねぇ」

そう口にした治郎兵衛が、胸の前で両腕を組み、小さく小首を傾げた。

「治郎兵衛さん、わたしはつい最近、その侍の一人は、南町奉行の鳥居耀蔵だと知りました」

「なんだって」

治郎兵衛が声を発すると同時に、腕組みを解いた。

「春分が近い日でしたが、材木問屋『日向屋』からの頼みで、深川相川町の『笹生亭』に出療治に行ったんです」

「うん」

治郎兵衛はただ、小さく相槌《あいづち》を打った。

「先《せん》に言ったかどうか忘れたけど、その『笹生亭』っていうのは、『日向屋』の土地に建てられた鳥居耀蔵の別邸なんです」

小梅の言葉に、治郎兵衛が軽く眼を剝いた。

「その時療治をしたのが、当の鳥居耀蔵だったんですよ」

「ん」

声にならない声で唸ると、治郎兵衛はまたしても胸の前で腕を組んだ。

小梅は、鳥居耀蔵に灸を施したのはその時が二度目だと打ち明けた。

最初は、大川端町にある『日向屋』の隠居所『木瓜庵《ぼけあん》』で、どこの誰とも知らない侍に灸を据えただけだった。

『笹生亭』に出療治に行った時、背中を向けて療治を受けている侍は、『木瓜庵』で灸を据えた侍のような気がして尋ねると、鳥居耀蔵はそれを認めたのである。

「療治の最中に、『笹生亭』の主人かと尋ねたら、向こうはただ、『うむ。鳥居だ』と返答しただけだけど、あれがきっと、鳥居耀蔵ですよ」

小梅は、治郎兵衛の眼を真っ直ぐ見て、頷いた。

「向こうは、小梅さんに不審を抱いてるわけじゃねぇんだね。つまりさ、中村座から出た火で芝居町一帯が焼け、その火事でお父《と》っつぁんを死なせたとか、恋仲だった清七《せいしち》さんがどうして殺されたかをお前さんが知ろうとしていることをさぁ」

「そのことは、知られてはいません」

小梅は、自信をもって大きくゆっくりと頷いた。

五

微《かす》かに鐘の音がしていたことに、小梅は気付いた。

治郎兵衛と話をしていた時には聞こえなかった鐘の音が、話に一区切りついて、湯呑の茶を口に含んだ途端、耳に届いた。

恐らく五つ（八時半頃）の時の鐘だ。

「わたしはそろそろ」

そう言って腰を浮かしかけた小梅だが、

「そうそう。治郎兵衛さんに前々から聞きたいことがあったんだ」

腰を下ろして座り直した。

「町奉行と商人が、どうして親しいのかってことですよ。鳥居耀蔵と材木問屋『日向屋』みたいに」

小梅が眉をひそめると、「あぁ」と声に出した治郎兵衛が、湯呑の茶を飲み干した。米を研ぎ終えた後、板の間に上がっていた弥助が治郎兵衛に眼を向けた。

「ほれ、土地や家作を持ってるような商人は、町役人という町の務めを請け負ってるじゃないか。名だたる料理屋とか紙問屋とかさ。その役目というのは、町の隅々にまで目配りをしなくちゃならないんだよ」

治郎兵衛が話す町役人の仕事は多忙を極めていた。

お上からの御触れを名主から言いつかって町内に伝えたり、町内の訴訟にも関わったりする。そのうえ、火消し人足の差配、喧嘩口論の仲裁、願い届けへの加判など、仕事は多岐に亘っていた。

さらに、交代で務める月行事ともなると、町の自身番に詰めたり、犯罪人を一時留め置いて見張りをしたりするので、町奉行所の出先のような働きをしなければならなかった。

そのため、大きな商いをする商人は、いやでも町奉行との繋がりが出来る。治郎兵衛の話から、大店《おおだな》の主が、奉行や同心と親しくなるのは当然と言えば当然のことだと思える。

「小梅さんは、鳥居耀蔵のことが気にかかってお出でなのかい」

煙管《キセル》に煙草《たばこ》の葉を詰めていた治郎兵衛から笑顔を向けられた小梅は、

「はい。ここのとこ、なんだか」

小声で答えた。

「船着き場で小梅さんが目にした四人の中に鳥居耀蔵がいたのなら、そりゃ、がぜん気にはなりまさあね」

治郎兵衛も小さく声を洩らすと、火鉢の火に煙管を近づける。

「お父っつぁんが市村座の床山だったから、物心ついた時分から芝居小屋に出入りしていたせいか、偉そうにしている相手を打ち負かしたり、だまくらかしたりする芝居が好きだったんですよ。『忠臣蔵』もそうです。赤穂《あこう》の浪人が吉良《きら》家に押し入って吉良上野《こうずけ》の首を落としたけど、それは、吉良の向こう側にいる将軍様や側用人《そばようにん》の柳沢吉保《やなぎさわよしやす》を刺したのとおんなじことなんだ。『助六』だって、偉そうにふんぞり返ってる髭《ひげ》の意休《いきゅう》に喧嘩を売ってやっつけるから、見てるこっちの溜飲は下がるんですよ。だからね、もしも巷の噂のように、一年半前の中村座の火事の裏で鳥居耀蔵が糸を引いていたと分かったら、大きな灸のひとつも据えてやりたいんですよ」

小梅が一気に語ると、

「なるほど」

煙草を吸った治郎兵衛は、大きく煙を吐き出して声を出した。

鳥居耀蔵を敵《かたき》として命を狙うお園ほどの激しい恨みは、今のところ小梅にはなかった。

「これは、とある旗本家の用人から聞いた話なんですけど」

小梅が、声をひそめて治郎兵衛に口を開いた。

「鳥居耀蔵が生家の林家で暮らしてる時分、屋敷で働く下女を孕ませたという噂があるらしいんですよ。その下女が結局産んだのかも、産んだなら生まれた子が男なのか女なのかも分かってはいないんですけどね」

「そんなことは、お武家でもその辺のお店でも、とりたてて珍しいことじゃないよ小梅さん」

もう一口煙草を吸うと、治郎兵衛は煙管を叩いて灰を火鉢の中に落とす。

「武家の子弟とはいえさ、思いのままに使える銭金がふんだんにあるわけじゃないからね。色街や花街に行けない若造なんぞは、屋敷にいる女に手を出すしかないっていうこともあるんだ」

「子が出来たら？」

「庶子とはいっても、男なら、万一の時の後継ぎになるわけだから、屋敷で育てるか屋敷の外に住まわせて面倒見るだろう。そのお家にもよるがね」

「女だったら」

「母親の了解の上で里子に出すか、屋敷の外に住まわせて、子が成人するまで面倒は見るだろう。物入りではあるけどさ」

そう言うと、治郎兵衛は再度煙草の葉を煙管に詰め出した。

「となると、もし下女が子を産んでいれば、今でも林家に鳥居耀蔵の子がいるかもしれないってことですね」

小梅が呟きを洩らすと、

「まぁ、そういうことさ」

そう答えた治郎兵衛は、煙管を火種に近づけて煙草に火を点けて大きく吸い込む。

「なるほど」

小梅が天を仰ぐと、

「小梅さんは、鳥居耀蔵にそんな子がいたら、どうしようっていうんだい」

煙草の煙を吐いた治郎兵衛から問いかけられた。

「何もこれっていう方策はありませんけど、規律に厳しい鳥居耀蔵に隙が出来るとすれば、調子が乱れた時ですよ。名人上手と言われる芝居小屋の三味線弾きだって笛の名手だって、乱調になる時はありますからね」

「乱調っていうと」

遠慮がちに問いかけたのは、弥助である。

「心が定まらずに、調子を崩すってことだよ。鳥居耀蔵にとって、どこかで生まれてるかもしれない子のせいで、いつも肩ひじ張って周りを恐れさせてる自分の調子がつい狂わされるってこともあるじゃないか。だからさ、生まれた子の行方を辿って見つけ出しておくんだよ」

「見つけたら、どうなるんです？」

弥助に問われて、小梅は戸惑った。

「だからさ、学者の家に生まれた鳥居耀蔵にすれば、人の道とか規範とかから外れてる芝居町がもてはやされてるのは許せないことだったという人がいるんだよ。そうだとしたら、芝居町潰しの絵図を密かに描いて、火付けを命じたってこともあるじゃないか」

「小梅さん、しかしそりゃ、噂だよ」

治郎兵衛はやんわりと口を挟んだ。

「でも、それが本当だと分かった時は、下女が産んだ子供が、鳥居耀蔵の弱みに付け込む道具として使えるかもしれませんし」

小梅は、深く思案もせず、勢いのまま言い放った。

「なるほど、蝮の弱みねぇ」

治郎兵衛が言葉を吐くたびに、煙草の煙が途切れ途切れに口から洩れ出た。

六

深川永代寺《えいたいじ》門前の馬場通一帯は日暮れ間近のように翳《かげ》っている。

朝からほとんど日の出なかったこの日、昼過ぎてからついに雨が落ちてきた。

治郎兵衛の家で、鳥居家に養子に入る前の耀蔵に、下女に産ませた子がいるかもしれないという話をしてから二日が経った三月の十五日である。

出療治を終えて表通りに出た時は、傘なしでも永代橋を渡れそうな小雨だったのだが、富ヶ岡八幡宮の二ノ鳥居を過ぎたところで、雨脚が一気に強くなり、小梅は道具箱を提げたまま、大島川の方へ向けて駆け出していた。

大島川に架かる蓬萊《ほうらい》橋を渡れば、馴染みの居酒屋『三春屋《みはるや》』がある。

店の戸口に提灯は出ていないが、思い切って出入り口の腰高障子を引き開け、

「ごめんなさいよ」

声を張り上げて店の土間に足を踏み入れた。

その小梅の目の前では、客を入れ込む板の間に箱膳を並べた女将の千賀《ちか》とお運び

の手伝いをしている貞二郎《さだじろう》が箸を止め、ぽかんとした顔を小梅に向けていた。

「ちょっと、雨宿りを」

小梅がお伺いを立てると、

「そんな他人行儀はよして、とにかくここへお上がりよ」

千賀は、板の間に上がるよう箸を持った手で手招く。

「夜の仕込みの前に、遅い昼餉を摂っていたところなんだよ」

貞二郎がそんな声を出すと、

「小梅ちゃん、腹が空いているなら、何か口に入れるかい」

「ううん、ありがとう。昼餉は『薬師庵』を出る前に済ませてきたから」

框に腰掛けていた小梅は、ほんの少し濡れた足と下駄の表を手拭いで拭くと、板の間に上がり込み、

「わたしに構わず食べてくださいよ」

二人にそう声を掛けた。

「そうするよ」

返事をした千賀は、貞二郎とともに食べ掛けの昼餉に向かった。

「こっちの方に出療治なんて、珍しいじゃないか」

　食べながら千賀から声を掛けられると、

「ここんとこ、こっちの方には来なかったけど、いつも『薬師庵』に来たり、わたしが出療治に行ったりしてる塗物屋のご隠居が、日本橋界隈の顔馴染みの旦那衆と寄合をするからって、昨夜から永代寺門前東仲町《ひがしなか》の料理屋に泊まっていたんですよ」

　小梅は深川に足を延ばした仔細を告げた。

　ご隠居たちは、今日は朝から深川沖に屋根船を出して、春の海を楽しむつもりだったらしいのだが、雲行きが怪しいというので船遊びは取りやめになった。

　すると、旦那衆の一人が昼前に『薬師庵』へとやって来て、塗物屋のご隠居が、料理屋から帰る段になって廊下で足を滑らせ、したたかに腰を打ったと知らせたのだ。

「ついては、本人が『薬師庵』の灸を望んでおりますので、どうか行ってやってください」

　立ち寄った旦那衆から、そう頼まれたのである。

「大川を渡る出療治は滅多に受けないけど、わたしが生まれた時分からのお得意様だから、受けないわけにはいかなかったんですよ」

小梅がそんな話をしている間に、昼餉を済ませた二人は箱膳を板場に運び入れると、貞二郎が急須と湯呑を持って戻り、千賀がすあまを載せた小皿を持って来た。

「降ることはないだろうと傘を持って来なかったのが、わたしの見当違いでしたよ」

ため息交じりにそう言うと、小梅は自分の額を軽くポンと掌で叩いた。

「ま、茶でも」

貞二郎が茶を注いだ湯呑を小梅の前に置く。

「ありがとう。おじさん、どこか痛いところがあれば、雨宿りついでに灸を据えてやってもいいんだけどね」

「小梅ちゃんに灸を据えさせたら、お寅さんに何を言われるか、そっちが怖《こえ》ぇ。気持ちだけもらうよ」

小さく笑みを浮かべた貞二郎は、千賀の前にも湯呑を置き、自分の手にも持った。

濡れた道を駆けて来るような足音がしたと思った途端、出入り口の戸が開いて、男の影が土間に飛び込んで来た。

「いやぁ、開いていて助かった」

そう言いながら頭を覆っていた袂《たもと》を下ろした浪人の式伊十郎《しきいじゅうろう》が、板の間の小梅たちを見て、目を丸くすると、

「あ、これは方々お揃いで」

抜けきれない武家言葉で会釈をした。

「ま、ここへお掛けなさいましよ」

千賀から、框に掛けるよう促されると、

「では、お言葉に甘えまして」

伊十郎は腰の刀を帯から抜いて、土間の框に腰を掛けた。

「仕事の帰りに降られましてね」

伊十郎が言い訳がましい言葉を洩らすと、

「仕事といいますと？」

呟いた貞二郎が、小首を傾げながら急須に鉄瓶の湯を注ぐ。

「代書屋で代筆をしてるんでしょ？」

小梅は以前、伊十郎から幾つかの仕事にありついたという話を聞いた覚えがあった。

そのうちのひとつが代書屋の仕事だった。

江戸に来て奉公している奉公人たちの中には読み書きの出来ない者も多い。

そういう者たちのためにも、江戸の処々に『代書屋』というところがあった。

きちんとした書式に則った書付をはじめ、書簡の代筆をする格式のある代書屋もあるが、深川界隈には、馴染みの客に金品をねだる芸者の文を代筆する商売もある。

伊十郎が仕事を請け負っている代書屋も、普通の代書の他に、芸者の代筆や、岡場所の女郎に頼まれて恋文を書いたり、登楼を迫ったり促したりする怪しげな文の代筆も引き受けていた。

「今日は、永代寺門前の『漢古堂』で代書をした帰りでして」

伊十郎はそう言うと、湯呑を置いた貞二郎に軽く頭を下げた。

その時、鐘の撞《つ》かれる音がし始めた。

八つ（二時頃）を知らせる永代寺の時の鐘である。

出された茶を伊十郎が二口三口飲んだところで、

「おぉ、大分小止みになって来たじゃねぇか」

「ありがてぇ。通り雨だったようだな」

店の表で言葉を交わした男たちは急いでいるのか、あっという間にその話し声は遠のいた。

表の声に釣られたように土間に下りた小梅は、

「このくらいの降りなら、傘なしでも歩けそうだから、このまま行きますよ」

開けた戸の隙間から空模様を見上げて声を張り上げると、板の間近くに置いていた道具箱に手を伸ばした。

「そしたら、わたしも今のうちに戻りますかな」

湯呑を置いて、伊十郎も腰を上げた。

「二人とも、春の陽気をなめちゃいけません。また降り出すってこともありますから、うちの傘を」

そこまで口にして、千賀は後の言葉を飲み込んだ。

戸口近くの板壁には、一本の蛇の目傘が下がっているだけだ。

「あぁ。この間から貸してた樽屋の久市《ひさいち》や木場《きば》の川並《かわなみ》の亀助《かめすけ》が、返しに来てないんだよ千賀さん」

貞二郎はそう言って、軽く舌打ちをした。

「しょうがないねぇあの二人はぁ」

千賀がぼやくと、

「わたしは深川ですから、これは小梅さんが持って行ってください」

「そういうわけには――」

小梅が遠慮すると、

「それじゃこうしよう。二人で差して出て、まず式さんの家に送って、そのあと、小梅ちゃんがその傘を差して永代橋を渡ればいいんだよ」

「分かりました。お千賀さんの勧めに従います」

小梅は、千賀の指図にすんなりと応じた。

七

居酒屋『三春屋』を出た小梅と伊十郎は、霧のような雨の降る蓬萊橋を相合傘で渡ると、永代寺門前の馬場通に出た。

大粒の雨が降っていた先刻より、人の往来が増えている。

「長屋は万年町でしたよね」

「そうですが、一ノ鳥居のところからは走りますから、傘は小梅さんが持って行ってください」

そう言うと、伊十郎は小さく頭を下げた。

「けど、お千賀さんに言われた通り、わたしが送ります」

「そりゃ、どうも」

伊十郎が、手に持っていた傘の柄ごと腰を折った。

その途端、傘まで動いて霧雨が小梅に降りかかった。

「あぁ、これは相すまん」

伊十郎は慌てて、小梅の方に傘の大部分を差し掛けた。

通りの向こうからやって来た相合傘の若い男女が、小梅と伊十郎の方を見てフフフと笑って通り過ぎていく。

「式さんが降られてるから、わたしが笑われたじゃありませんか」

小梅が小声で文句を言うと、伊十郎は二人の頭上に均等に傘が掲げられるよう、まるで間合いを測るようにして傘の柄を真っ直ぐに立てた。

なにもそこまで——小梅は声に出しそうになったが、伊十郎の律義さに免じて、腹に納めた。

「あれですか。お女郎さんの代筆には、岡場所に出かけて行くこともあるんですか。局見世《つぼねみせ》まで」

「ありますよ」

伊十郎は、小梅の問いかけに素直に答えた。

局見世というのは格安の岡場所のことで、深川には何か所かある。

畳三畳ほどの広さしかない部屋がいくつも棟割長屋になっていて、その様子が、宮中の女官たちが暮らす局に似ていることから、そんな呼び名がついていた。

その三畳ほどの部屋が女郎の住まいであり、客を引き入れる仕事場でもあったから、そこを局と呼ぶには洒落《しゃれ》がきつすぎる。

「そういう狭いところで、お女郎さんの胸の内を代筆なんかしていると、妙な気になったりするんじゃありませんか」

「妙なというと？」

伊十郎から、堅苦しい問いかけが返ってきた。

どう言おうか、ほんの少しあれこれと迷った末に、

「なんでもありません」

小梅はつい、足を速めて傘からはみ出してしまった。

「傘を」

そう言いかけた伊十郎だが、

「いつの間にか、止んでますよ」

と、天に向けていた傘を体の横に倒して足を止め、空を見上げた。

釣られたように見上げた小梅も、足を止めた。

空は灰色だが、雨はすっかり止んでいる。

「傘はどうしますか」

伊十郎に尋ねられた小梅は、

「わたしはもう要りませんから、『三春屋』には、深川にお住まいの式さんから返していただけると助かります」

丁寧に返事をすると、

「分かりました。わたしから返しておきましょう。では」

伊十郎は笑みを浮かべて軽く一礼すると、一ノ鳥居手前の川沿いの道を亥ノ口橋の方へと足を向けて行った。

すぐに歩き出した小梅は、二、三歩進んだところでふっと足を止めて川沿いの道へと眼を向けた。

傘を手に歩く伊十郎が、吠え立てる仔犬を避けようと大きく迂回して通り過ぎる後ろ姿を見てしまい、

「なんだ、ありゃ」

呟きを洩らすと、永代橋の方へと歩を進めた。

深川黒江町の先の八幡橋を渡ったところで、小梅は左へ道を取ると、深川中島町の大島橋へと足を向けた。

中島町に架かる巽橋を西へ渡れば、深川相川町がある。

その町の大川に面したところには、鳥居耀蔵が別邸としている『笹生亭』があるのだ。

相川町に足を踏み入れた小梅は、川端の方に延びている小道へと左に折れた。

道の右手に見える『笹生亭』は、いつものように静かである。

主は居なくても留守番の老爺《ろうや》がいるのだろうが、中から物音などは聞こえてこない。

ゆっくりと川端まで行った小梅は、同じような足取りで引き返す。

すると、『笹生亭』の勝手口へと通じる柴垣の扉から出て来た針売りの女が、足を止めた。

『はり』と染め抜かれた小さな幟《のぼり》と小さな簞笥《たんす》を背負ったお園が、小梅を鋭く睨《にら》みつけている。

「つけていたんだね」

お園から、低く抑揚のない声が向けられた。

「前にも言った気がするが、こっちの方に出療治に来ることがあるんだよ」

落ち着いた声で返事をすると、お園は、疑り深い眼をじっと小梅に向ける。

二月の半ば過ぎに、お園の塒《ねぐら》である浅草蛇骨長屋を突き止めた時は、畳針の尖りを突き付けられた。

小梅は、お園がどう出るか、眼を逸らすことなく待った。

するとお園は、何も言わずゆっくりと体を回して、表通りの方へ歩み出した。

その後ろ姿が見えなくなった時、潮風に朽ちたような漁師小屋の脇から、お園の姿を見送りでもするように弥助が現れ、すぐに小梅に顔を向けた。

「お前、なにしてんだい」

「今のが、小三郎と酒を飲んだ後、蛇骨長屋に入って行った女なんですよ」

弥助は声を低めて小梅にそう告げると、

「雷避けのお札売りに歩いたついでに浅草に回ったら、あの女が幟をおったてて出て来たんで、ここまでつけてきたんです」

一気に語ると、大きく息を継いだ。

「一月ばかり前、蛇骨長屋にわたしを連れて行ってくれたことがあったろう」

小梅が口を開くと、弥助は黙って頷いた。

その時は、家を教えてくれた弥助を帰して、小梅が女の帰りを待ったのだ。

しかし、女はなかなか帰って来る様子がなく、後日訪ねることにして通りに出たところで、針売りのお園と出くわしたのだった。

「あの女は、お園と言ってね、お前さんには黙ってたけど、以前から知ってる女だったんだよ」

小梅が打ち明けると、

「え」

弥助は、金壺眼《かなつぼまなこ》をさらに丸くして息を呑んだ。

八

雨はすっかり上がったものの、西の空に日が顔を出す様子はなかった。

深川相川町の『笹生亭』の前で顔を合わせた小梅と弥助は、永代橋を渡り終えて箱崎も通り過ぎ、大川の西岸を北へ向かい、浜町堀に架かる川口橋へと足を向けている。

深川からの道々、小梅は、これまでのお園との関わりを、弥助に大まかに伝えていた。

恋仲だった清七が、中村座から出た火で芝居町周辺が焼失した火事の真相を探ろうとした末に、芝の汐入に死んで浮かんだのはなぜかを知ろうと追いかけていることを弥助に明かした。

その調べの途中で、深川の材木問屋『木島屋《きじまや》』や、弥助が子分として身を寄せていた博徒の『油堀《あぶらぼり》の猫助《ねこすけ》』も何らかの関わりがあると知ることになり、さらに、江戸でも名だたる材木問屋である『日向屋』とも面識を得ていた。

その『日向屋』が、南町奉行の鳥居耀蔵と親しいと教えてくれたのが、お園だったのだ。

「だけど、お園さんの狙いはわたしとは違って、奢侈禁止令に背く者を厳しく取り締まる南町奉行の鳥居耀蔵だったんだよ」

お園が姉のように慕っていた女髪結いが、奢侈禁止令に触れて三十日の手鎖という処罰を受けた後、首を吊って死んだことで、まるで敵《かたき》でも取るような思いで鳥居耀蔵を狙っているのだと、小梅はかいつまんで弥助に話した。

ただ、昨年の冬から今年の初めにかけて、大名や旗本、名だたる商家から盗み取った高価な工芸品、什器《じゅうき》、装飾品などを江戸の高札場《こうさつば》や大寺の山門などに晒《さら》し、盗んだ先の家名を記した書付まで添えるという騒ぎを起こした『からす天狗』がお園

であることは伏せ、

「わたしの狙いは、清七さんが死んだわけと、清七さんが知ろうとしていた一年半前の火事の真相なんだよ。あの火事では、わたしのお父っつぁんも焼け死んだしね」

小梅は弥助に、思いの内を述べた。

「そのためには、どうしても小三郎に会って聞き出したいことがあるんだよ」

とも、口にすると、

「だけど、『木島屋』さんにいた小三郎さんから聞き出したいことがあるって、それはまた、どうして」

弥助は訝《いぶか》るような顔つきをしたが、それも無理はなかった。

「やっぱり、かいつまんで話したんじゃよくなかったね」

神妙な声でそう言うと、小梅は浜町堀が大川に流れ込む辺りに架かっている川口橋の袂で足を止めた。

「ここで話をしてもいいかい」

「へい」

弥助は、大きく頷いた。

幸いこの辺りは武家地である。

浜町堀の北側には陸奥《むつ》磐城平《いわきたいら》藩安藤家の上屋敷、南側には美濃加納《みのかのう》藩永井家や上総請西《かずさじょうざい》藩林家の上屋敷などの敷地が広がっており、立ち話をしても聞きとがめる者が通りかかることはないと思われる。

道具箱を足元に置いた小梅が小橋の欄干《らんかん》に凭《もた》れて大川の方を向くと、その横に弥助が立った。

眼の前には大川の流れが見え、少し上流には中洲が望める。

荷船や漁師の船が行き来をするが、行楽の客を乗せる屋根船が盛んに行き交うようになるのはもう少し先のことだろう。

「言ったかもしれないけど、恋仲だった清七って人は、坂東吉太郎《ばんどうきちたろう》っていう中村座の役者だったんだよ。そりゃまだ、看板になるような役者じゃなかった。幕内じゃ、『大部屋』とも『稲荷町』とも呼ばれてる、下っ端役者だったよ」

小梅がそこまで話すと、弥助は小さく頷いた。

そんな清七に、役者として気に入ったと言って近づいて来た者がいたのだと、小梅は弥助に告げた。

それは、今から一年と十月ばかり前の、天保十二年の夏の半ばのことだった。

「近づいて来たのが、京扇子屋の才次郎《さいじろう》と名乗った小三郎に間違いないんだよ」

小梅はそう言い切った。

その才次郎は、清七と三度ばかり飲食を重ねたところで、一人の大工を清七に引き合わせたのだ。

「去年の秋に分かったことだけど、大工の辰治《たつじ》として才次郎が清七さんに引き合わせた男は、『油堀の猫助』の子分だった『賽《さい》の目《め》の銀二《ぎんじ》』だったということも、分かってるんだよ」

「え」

かつて、『油堀の猫助』の身内だった弥助は、銀二の名を聞いて軽く息を呑んだ。

「中村座から出た火で、堺町はじめ葺屋町の芝居町やその近辺が大火事で焼けたのは、同じ年の、天保十二年十月だったんだ」

川の流れに眼を向けたまま、小梅は呟くような声を洩らす。

「これから言うことは、火事のあと、行方をくらませていた清七さんと、一年余りが過ぎた去年の十月に会った時に聞いた話だけどね」

小梅はそう断ると、再会した清七の口から聞いた、火事の前夜からの話を始めた。

それは、一昨年の十月六日の夜のことだった。

その夜も辰治と飲み食いをした清七は、かなり酔っていた。そのうえ辰治までもが、千鳥足になっていた。

飲んだところが、中村座に近い堺町横町の居酒屋だったので、

「楽屋でもどこでもいいから、寝かせてくれないか」

辰治からそう持ち掛けられた清七は、芝居小屋に寝泊まりしている者たちに気付かれないようにして、辰治を連れて楽屋に潜り込んだのだ。

飲み始めた時から、家のある神田岩井町には帰らず、その夜は中村座の楽屋で寝ることにしていた清七にすれば、辰治を連れて小屋に入ることは迷惑なことではなかったに違いない。

「中村座から火が出たのは、次の日の夜明け前だったんだよ」

小梅がそう言うと、弥助が訝るようにゆっくりと体を向けた。

「息苦しくなって眼を開けた清七さんは、暗がりの向こうでチロチロ揺れる赤いも

のを見たと言っていた」

清七が語ったその日の惨劇を、小梅は思い出しながら口にした。

息苦しかったのは、立ち込める煙のせいだと分かった途端、暗がりの向こうから人の怒鳴り声や物が倒れたり壊れたりする音が響いたという。

火事と気付いて楽屋を飛び出した清七は、火消しに飛び回っていた大道具方から、「逃げろ」と声を掛けられ、這《ほ》う這《ほ》うの体《てい》で小屋の外に転がり出た。

日の出前の暗い通りに出た清七は、見知らぬ何人かの人の手で抱えられて、火事場から離れたところに運ばれたお蔭で、生き延びることが出来たのだった。

だが、清七が楽屋に泊めた辰治の生死は皆目分からない。

方々の死体置き場を捜し回ったが、顔が焼けて判別出来ない骸《むくろ》もあった。

その後、火事で顔に火傷を負った清七は、役者をやめて小梅の前から姿を消したのである。

「それから一年以上が経った去年の十月の末に、清七さんに呼び出された時、京扇子屋の才次郎や大工の辰治と関わり合いになったいきさつを聞いたんだよ」

清七はその時、中村座からの出火への不審を口にしていた。

声色屋《こわいろ》として江戸の諸方を歩いていると、世上の出来事をあれこれ噂する町人たちの声も耳に入った。

『役に不満を持った役者の付け火ではないか』とか、『芝居が世の風紀を乱しているなどと思っている幕府の誰かが、芝居興行を根絶やしにしようとした』という噂だった。

清七は、もしかしてそんな付け火に一枚嚙まされたのではないかという不安に襲われていた。

京扇子屋の才次郎の消息も絶え、辰治の生死も杳《よう》として分からないことが、清七をますます惑わせていた。

「その清七さんが、小梅さんに会いに来たのには、何かわけでもあったんで？」

弥助が声をひそめ、恐る恐る問いかけた。

「去年の十月の半ば頃、箱崎町の川辺から引き上げられた刺殺死体があるから見に来てくれと、目明かしの矢之助《やのすけ》親分から声が掛かったんだよ」

小梅が箱崎町の川辺に行くと、北町奉行所の同心、大森平助《おおもりへいすけ》もいて、引き上げられた死体を囲んでいた。

するとすぐ、矢之助が死体の袖を捲《まく》り上げて二の腕の彫物を小梅に見せた。それは、賽子《さいころ》を咥《くわ》えた蛇の彫物だった。

小梅が親しくしている料理屋に以前、怪しい客が出入りしていて、その男の二の腕にも彫物があった。その話を矢之助に伝えていたため、小梅はその場に呼ばれたのだった。

しかし、その死人の身元が知れないと知った小梅は、版元に出入りをしている『鬼切屋』の吉松に頼んで彫物の絵柄を読売に刷り、町中で売ってもらった。

その読売を見た清七は、以前から知っていた吉松に会いに行くと、彫物の男の身元を尋ねていたのが小梅だと知って、小梅に呼び出しを掛けたのだった。

その時、賽子を咥えた蛇を二の腕に彫っているのは、深川の『油堀の猫助』の手下だった『賽の目の銀二』だと伝えた。すると清七は、自分に近づいて来て飲食をともにするようになった辰治の左の二の腕にも、賽子を咥えた蛇の彫物があったと明かしたのだ。

中村座一帯が焼けた後、顔は焼けて分からなくても、その彫物を行方の知れない辰治を捜す手掛かりにしたのだと、清七は小梅に洩らしていた。

「おれが、油堀の猫助親分の手下になってからは、その『賽の目の銀二』っていうお人は二、三度見かけたくらいで、深川には滅多に来なくなってましたから、その彫物を眼にしたことはねぇんですよ」

「あんたとは、入れ違いだったんだね」

小梅の問いかけに、弥助はコクンと頷いた。

「あの時、清七さんはこうも言っていたよ。京扇子屋の才次郎と名乗っていた男が『賽の目の銀二』を『大工の辰治』ということにして自分に近づけたのは、中村座に出入り出来るくらい親しくさせた挙句、小屋の中から火付けをさせるためじゃなかったのかとね」

久しぶりの再会の時、清七がそう洩らしたのを覚えていた。

「おれはどうも、誰かに嵌《は》められたようだ。ということは、去年のあの火事には、おれは一枚嚙まされたってことなんだぜ」

そうも口にした清七が、

「おれは、誰に嵌められたのか、突き止めるよ」

小さくそう叫んで部屋を飛び出して行った悔しげな顔を、小梅は今鮮やかに思い出している。

　そんな再会があってから程なくして、今度は清七が死人となって芝の汐入に浮かんでいるのが見つかったのである。

九

　厚い灰色の雲がところどころ切れて、西の方から薄日が射した。

　薄日の高さからして、まもなく七つ（四時半頃）という頃おいだろう。

　話を一段落させた小梅と弥助は、川口橋を離れて、浜町堀の南岸の道を難波町裏河岸の方へと向かっている。

　そこには、弥助が居候をしている金助の住まいがあり、その先が『薬師庵』のある高砂町だった。

「その清七さんを嵌めたのが、小三郎だというんですか？」

　弥助は小梅に尋ねたが、得心がいかないのか、小さく首を傾げた。

「わたしは、そう思ってるよ」

低い声ながら、小梅ははっきりとそう言い切った。

そして、中村座の役者坂東吉太郎こと清七が、芝居を気に入ったと言って招いてくれた京扇子屋の才次郎と初めて会ったのは、葺屋町の芝居茶屋『相模屋《さがみ》』だったことも口にした。

葺屋町の『相模屋』は、前もって座敷を押さえていないと店には上がれないという格式の高い茶屋だったが、火事のあと廃業して、主も奉公人たちも方々へ散ってしまっていた。

ところが、清七の死の真相を知りたいという小梅に助力を申し出ていた治郎兵衛のお蔭で、火事に遭った当時、芝居茶屋『相模屋』の番頭をしていた男が、戸越村《とごし》に引っ込んでいることが分かったのだ。

昨年の師走、小梅は治郎兵衛の計らいによって、番頭を務めていた寿八郎《じゅはちろう》という老爺《ろうや》と会うことが叶ったのである。

思いがけないことだったが、寿八郎は『相模屋』と同じ町内の市村座で床山をしていた小梅の父親、藤吉《とうきち》とは前々からの顔見知りだと分かった。

小梅の顔を見るなり、火事で死んだ藤吉を悼むように目を潤ませたことを覚えている。

芝居町のことに詳しい寿八郎は、坂東吉太郎程度の役者に御贔屓《ごひいき》がつき、座敷にまで招かれたことが珍しかったため、招いた男のことが記憶に残っていたのだと打ち明けた。

その寿八郎は、座敷に挨拶に行った際、男の左の耳の下に黒子《ほくろ》があったことまで記憶に留めていたのだった。

「そんな黒子が、材木問屋『木島屋』の手代だった小三郎にもあったのを、わたしも見た覚えがあったんだよ」

小梅がそう言うと、弥助はふと足を止めた。

そして、

「小三郎の耳の下に、たしかに黒子はありました」

と、強張らせた顔をして、弥助は声を掠《かす》れさせた。

その時、浜町堀の水路を、ギィギィと櫓《ろ》を漕ぐ音をさせて、一艘の猪牙船《ちょきぶね》が入江橋の方へと進んでいった。

「清七さんはね、中村座から出た火で芝居町周辺が焼けてしまった火事の真相に近づいたために、殺されたんだとわたしは思ってるよ」

浜町堀を上る猪牙船を見送った小梅が、低い声ながらもはっきりと口にした。

「そのあたりの経緯は、大工の辰治として清七さんに近づいた賽の目の銀二にも聞きたいところだけど、何者かに殺されてしまったから、生き残ってる小三郎に聞くしかないんだよ。だから、捜してる。あの火事じゃ、わたしのお父っつぁんも死に、清七さんは役者をやめた。近所の知り合いも大勢死んでるんだ、なんとしても真相を知りたいんだよ」

「針売りのあの女は教えちゃくれませんか」

弥助が気負い込むように問いかけた。

「あの女はどうも、わたしと小三郎を会わせたくないようだ。お園の方から小三郎に知らせる術《すべ》はないというんだ」

「それじゃ、あの二人はどうやって——？」

「会う時は、小三郎の方から合図があるそうだよ。それを待つしかないと、お園はそう口では言ってるよ」

「合図っていうと？」

弥助はさらに気負い込んだ。

「どこかに、白い糸が巻かれるんだとお園は言っていたけど、それが本当かどうかは分からないね」

小梅の口から、やや投げやりな物言いが飛び出した。

浜町堀の岸辺にぶつかる小さな波の音がしている。

ほんの少し前に遡った猪牙船が作った小波《さざなみ》だろう。

「小梅さん、おれが、針売りの女の動きを探りますよ」

「だけど」

「雷避けのお札は、この前から金助さんとは分かれて売り歩いてますから、結構動きは取りやすいんですよ」

「だけどね、わたしの用事に肩入れして、稼ぎを減らすことになったら、金助さんに顔向け出来ないじゃないか」

小梅が叱るようにきつい物言いをすると、

「油堀の猫助親分のとこに居た時分は、ちゃんとした手当てもくれなかったもんだから、いろいろやって、小銭を稼いでました」

「まともな稼ぎだろうね」

小梅が問いかけると、弥助は一瞬、言い淀んだが、

「鉄を盗んで売ったり、町中で人にぶつかって強請《ゆす》ったりしてたこともあるけど、役人に捕まると江戸を追われることにもなるんで、金助さんに世話になってからは、悪いことは一切——けど、おれ一人ぐらい何とでもなります。お札を売り歩くついでに女の動きを見張るだけですから、どうか気にしないでもらいてぇ」

静かな声でそう言い切った弥助の思いに、小梅は少し、胸を熱くした。

「前にも言ったじゃねぇですか。小梅さんのためなら、なんでもしますって。だって、泥沼から引き上げてくれたお札はしないと、人の道に外れますから」

弥助はそう言うと、にやっと笑って黄ばんだ歯を剥き出しにした。

その時、西の空からすっと日が射して、対岸の大名屋敷の甍《いらか》をきらりと輝かせた。

第二話　尋ね人

一

日本橋高砂町の『灸据所　薬師庵』一帯は、季節がほどなく夏になるという頃おいである。

坪庭に面している障子を開けていても、療治場に入り込む風が冷たいということはない。

あと五日もすれば、四月を迎える。

襷《たすき》がけをした小梅は、締め込みの尻を剝き出しにしている新五郎《しんごろう》の腰のツボである『腎兪』と『大腸兪』に、交互に灸を据えていた。

町火消し壱番組『は』組の火消し人足の新五郎は、梯子《はしご》持ちを務めているせいか、時々腰を痛めると、療治にやって来る。

今朝も、療治始めの五つ（七時頃）の鐘が鳴って四半刻（約三十分）が経った頃、『薬師庵』に現れた。

療治場の広さは四畳半あり、小梅と母親のお寅は部屋の半分をそれぞれが自分の持ち場にして、客に療治を施す。

「どこか、火事場にでも駆け付けたんですか」

部屋の奥が持ち場の小梅が『腎兪』に艾を置きながら問いかけると、

「火事場で痛めたんじゃねぇんだよ」

腹這いになった新五郎の口から、幾分情けなさそうな声が飛び出した。

「三月は例年あちこちで御開帳があるから、その時の人混みで腰を捻《ひね》ったんでしょう」

「引っ越しの手伝いなんだよぉ」

新五郎は、小梅の問いかけに、先刻と同じく情けなさそうに返事をし、小さくため息を洩らす。

「『は』組の親方が昔から世話になってる通旅籠町《とおりはたご》の蠟燭屋《ろうそく》の旦那が隠居して、飛鳥山に家移《やうつ》りするっていうんで、若い者三人を引き連れて手伝いに行ったんだよ。そこで、よせばいいのに、つい重いもん抱えて三和土に運び入れようとしたら、敷居に足をひっかけちまったんだ。その時、転ぶまいと足を踏ん張ったとたん、腰がやられたんだな」

「なるほど」

小梅は、新五郎の言い分に応えると、『腎兪』で燃え切った艾の燃えカスを指で払い落とす。

「『腎兪』と『大腸兪』は据え終わりましたから、『肝兪』にも据えておきますよ」

小梅は、新五郎からの返事を待つことなく、腰の上まで捲り上げていた着物の裾を、さらに上の方に捲り上げる。

背中に彫られた天狗の、長い鼻の下あたりの左右二か所を指で押し、

「ここが『肝兪』ですから、片方に五回ずつ据えておきますよ」

小梅が念を押すと、「頼む」との返事があった。

その時、療治場のすぐ近くから戸の開く音がして、

「ごめんなさいまし」

丁寧な女の声が届いた。

「出なくていいのかい」

新五郎が腹這ったまま気を遣ったが、

「おっ母さんが出ますよ」

小梅はそう返事をして、指で軽く揉んだ艾を『肝兪』に置いた。

「お出でなさいまし」

療治場のすぐ外から、女の客を迎えたお寅の声がした。

「わたしは、木挽町築地の旗本、秋田家に奉公しております、牧乃と申します」

その声を聞いて、「あ」と声に出した小梅は、艾に近づけようとしていた火の点いた線香を咄嗟《とっさ》に引っ込めた。

「あぁ、これはこれは。ご用人の飛松様からもうちのガサツな娘からも、牧乃様のお名は伺っておりました」

弾んで聞こえる声から、笑みを浮かべて愛想を振りまくお寅の様子が眼に浮かぶ。

「先日、小梅さんにお願いしていた灸の療治に伺ったのですが」

「はい、そのことも娘から聞いておりました。ささ、お上がりくださいまし」

お寅が口にした通り、先日秋田家に行った際、綾姫の侍女を務める牧乃から、療治に行きたいとの申し入れがあったのだ。

だが、前もって知らせが来るものと思っていた小梅は、いささか慌てた。

家の出入り口に近い療治場の障子が開くと、

「ささ、こちらへどうぞ」

先に療治場に入ったお寅が、中に入るよう手で示す。

「では失礼して」

声を出しながら入って来た牧乃が、療治場の奥の方に眼を遣った途端、顔をそむけた。

あ！――胸の内で声を出した小梅は、捲り上げていた着物の裾を下へ引き下ろして、締め込みだけの尻を剝き出しにしていた新五郎の下半身を急いで隠した。

「むさいものをお目に掛けましてどうも」

お寅は笑ってそう言うと、療治場の出入り口に近い方に薄縁を敷き始め、

「牧乃様の療治は、こちら側になりますので、お着物をお脱ぎになりまして、襦袢

だけでここに横になっていただきます」

自分の道具箱を近くに置いた。

「あの、牧乃様」

小梅が声を掛けると、立ったまま躊躇《ためら》っているような牧乃が、

「お屋敷では、殿方の間近で着物を脱ぐようなことはなく。その、つまり」

と、言葉を濁した。

「おっ母さん、衝立《ついたて》」

「え」

「こっちとそっちの間に、衝立を立てるんだよ」

小梅が指を差して指示を飛ばすと、お寅は壁際に立ててあった衝立を抱えて、腹這った新五郎の近くに立てた。

「これで、如何《いかが》で」

お寅がお伺いを立てると、牧乃は仕方なさそうな面持ちで衝立の陰に屈み込んだ。

「わたしには先客がおりますので、牧乃様の療治は母が務めさせてもらいます」

「どうか、ひとつよろしく」

お寅は殊勝に、衝立の上に顔を覗かせている牧乃に向かって手を突いた。

やがて、牧乃の帯を解く音が、役者絵の描かれた衝立の向こう側から聞こえ始めた。

二

台所で土瓶の茶葉を捨てて洗い流した小梅が、長火鉢の置かれた六畳の居間に戻ると、胡坐をかいた新五郎が、咥えた煙管から煙草の煙を吐き出していた。

「新五郎さん、腰を痛めた時は胡坐をかくより、膝を揃えて座った方がいいんですよ」

そう言いながら小梅が火鉢の近くに腰を下ろすと、「お」と答えた新五郎は煙管を叩いて煙草の灰を火鉢の中に落としてから、正座になった。

それを見て微笑んだ小梅は、土瓶に新しい茶の葉を入れ、鉄瓶の持ち手に布巾を巻いて持ち上げると土瓶に湯を注ぐ。

火鉢のある六畳間は、普段は居間として使っているのだが、療治待ちの客や療治を終えた客がいっときくつろぐ場にもなっていた。

「お茶を淹れ替えましたから」

小梅は、新五郎の近くに置いてある湯呑に土瓶の茶を注ぎ足すと、自分の湯呑にも注ぐ。

「すまねぇ」

湯呑に手を伸ばして、新五郎は一口茶を啜《すす》った。

「向こうで療治しているのは、秋田家のお女中って言ったね」

「えぇ。御書院番を務める二千石のお旗本ですよ」

小梅が詳しく伝えると、

「ご大身とまではいかねぇが、そこそこのお旗本だぁ」

そう言いながら、新五郎は障子の閉まった療治場の方に眼を遣った。

「そのお屋敷のご用人が、二年前からうちにお通いなんですよ」

「なぁるほどね。しかしなんだなぁ、ここに通うこの辺りの女たちと違って、武家勤めの女子衆《おなご》というものは、男の前じゃ襦袢姿も見せねぇのだねぇ」

感心したように首を捻ると、新五郎は近くに置いていた煙管を手にして煙草の葉を詰め、首を伸ばして火鉢の火を煙草に点けた。

　一口二口、立て続けに煙草を吸った新五郎は、勢いよく煙管を叩き、

「さて、そろそろ腰を上げるとするか」

　声を発して煙管を煙草入れに仕舞い、帯に挟み込んだ。

「小梅ぇ、牧乃様がお帰りだよ」

　療治場の方からお寅の声がした。

　小梅が急ぎ居間から出ると、お寅に続いて牧乃が療治場から姿を現した。

「牧乃様、少しお寄りになりませんか」

　小梅が居間の方を指し示すと、

「あたしもそうお勧めしたんだけど、他に回るところがおありだそうなんだよ」

　お寅が、牧乃の事情を代弁した。

「そういうことですから、小梅さん、わたしはこれで」

　牧乃は軽く会釈をして三和土の草履に足を通し、

「次に伺う時は、前もって知らせることにしますので」

　小梅に一礼して表へ出ると、静かに戸を閉めた。

上がり口に膝を揃えて見送った小梅とお寅がゆっくりと顔を上げると、

「頭《かしら》の家に寄らなきゃならねぇんで、おれもこれで」

新五郎は二人の横をすり抜けて三和土に下り、雪駄に足の指を通すと、

「茶をご馳走さん」

そう声を掛けて表へと飛び出して行った。


『薬師庵』の療治場の外の坪庭に春の日射しが満ちている。

坪庭の二方には升形の縁があり、離れて立った小梅とお寅がバタバタとそれぞれが持った薄縁を打ち振って、埃や艾の灰を振り払っている。

牧乃と新五郎が相次いで帰って行ってから寸刻が経っていた。

療治場で客を寝かせる薄縁は、一人の療治が終わる度に艾の灰を掃き取ったり薄縁を叩いて埃を取ったりしている。

いつもはそれを済ませてから療治場に戻り、肌を露出する療治客のために室内を暖める火鉢の熾火《おきび》の加減を見るのだが、ほどなく夏を迎える時分になると、火の加減は後回しにしても一向に不都合はない。

朝からの療治客は新五郎と牧乃の二人だったから、道具箱の引き出しに揃えている艾や線香も大して減ってはいなかった。従って、次の客が来るまでの母と娘の仕度はすぐに終え、薄縁に落ちた艾の灰と埃を払うだけで済んだ。

「いるかい」

出入り口の戸が開け閉めされるとすぐ、聞きなれたお菅の声がした。

「療治場だよ」

声を張り上げたお寅に続いて療治場に入った小梅は、片隅に置いていた道具箱の上に畳んだ薄縁を載せた。

お寅が、自分の道具箱に薄縁を置いた時、

「おはよう」

『薬師庵』の常連のお菅が療治場に入り込んだ。

「おや、障子も開けて、掃除でもしておいででしたか」

そう言うと、開けられた障子の間から庭を眺めたお菅が、両手を広げて大きく息を吸った。

「お菅さん、その手の紙きれはなんです」

小梅が問いかけると、

「あ、これね」

お菅は右手に持っていた一枚の紙を振って、小梅とお寅の向かいに膝を突き、顔の絵の刷られた刷り物を二人に向けた。

「『尋ね人』ってあるじゃないか」

お寅が訝るように呟くと、小梅は刷り物を指さして、

「ここに、名は、卯之吉《うのきち》って。神田鍋町、瀬戸物屋『笠間屋』――これって、以前も見たことのある瀬戸物屋の卯之吉さんを尋ねる人相書きと同じもんだよ」

不審の声を発した。

「うん。たしかにそうだ。前の人相書きにも書いてあった『見目麗しい卯之吉のそばには性悪女がつきまとっているらしい』って一文までおんなじじゃないかぁ」

紙に書かれた一文を読んだお寅は、心底あきれ果てたような物言いをした。

この人相書きを刷らせて、町の方々に貼ったのは、神田鍋町にある瀬戸物屋『笠間屋』のお内儀《かみ》のお紺《こん》に間違いなかった。

お紺は前にも一度、行方をくらました一人息子、卯之吉を尋ねる刷り物を自分の

手で貼って回ったことがあったのだ。

この人相書き騒ぎの発端は、今年の初め頃のことだった。

『薬師庵』の常連であるお玉《たま》は、『笠間屋』の主人に囲われていた女だった。

ところが昨年の十一月の末頃、お玉が住む『玄冶店』に、『笠間屋』の女房のお紺が、倅《せがれ》の卯之吉を引き連れて押しかけて家捜しをした挙句、亭主が買ってやったものに違いないと喚《わめ》いて、お玉の櫛《くし》や簪《かんざし》、着物などを持ち出すという騒ぎを起こした。

するとその何日か後、卯之吉は母親が持ち帰った品々をお紺に内緒でお玉に返し、母親の仕打ちを詫びたのだが、たまたまお玉の家に居合わせた小梅は、その時の卯之吉の物腰が誠実だったことをよく覚えている。

その年が明けると、卯之吉の姿がお玉の住まいのある『玄冶店』界隈で時々見かけられるという噂を、お菅から聞いたことがあった。

そんなことがあってしばらく経ったある日、お玉は卯之吉の父親と切れて、『玄冶店』からいずこかへ引っ越して行ったのである。

するとなぜか、時を同じくして卯之吉が『笠間屋』を出て、行方をくらますという出来事が起きた。

卯之吉捜しに奔走したお紺は、『玄冶店』を出る際、挨拶に来たお玉を表で見送った家主から、引っ越しの荷を積んだ大八車を、外で待っていたお店者らしい若い男と二人して曳いて行ったのを見たと聞いて、愕然とした。

荷を曳く二人を家主が見たというその日から卯之吉が姿を消したことから、お紺は、倅はお玉に籠絡されたと確信し、卯之吉の行方を尋ねる人相書きを町中に貼り出したのだ。

だがその効果はなく、お紺はついに、卯之吉の似顔絵を紙に刷って、再度町中に貼り出す手に出たのだと思われる。

「以前の人相書きは、顔形や黒子の場所も、文字で書かれていたけど、こんなふうに絵にした方が見る側には好都合だよ。眼の大きさも分かるし、いい男かどうかも一目で分かるこの人相書きが、何日も前から貼ってあったらしいんだよ」

お菅はそう言うと、改めて人相書きに眼を向けた。

「だけど、この似顔絵、瀬戸物屋の卯之吉には似てないよ」

「そうだったかね」

小梅の声に首を傾げたお寅は、

「あたしは卯之吉って人は、遠眼に見ただけだからねぇ」

呟くように口にすると、お菅の手に握られた人相書きに顔を近づける。

「この絵の顔は、凜々しくていい男すぎるよ。卯之吉さんの顔には、こう言っちゃなんだけど、力強さというか、覇気というか、そんなもんが窺えないんだけどねぇ」

小梅がそんな感想を述べると、

「とはいえ、こんな男、どこかで見たような気がするんだよ。誰かに似てるんだ」

小さく唸ったお寅は盛んに首を捻った。

「わたしもさっきから、誰かに似てるなとは思ってたんだけどねぇ」

お寅の思いに同調した小梅だが、胸の前で腕を組んで軽く唸り、思案でもするように天井を見上げたものの、似た顔が誰かはやはり思い出せなかった。

三

四月に月が替わるまであと三日という『薬師庵』の昼下がりである。

療治の客も出療治の依頼もなく、小梅とお寅は居間の長火鉢で向かい合い、のんびりと茶を啜っていた。

歯を食いしばって寒さを堪《こら》えていた時期が遠ざかり、夏の陽気が近づいて来ると、腰や足に痛みを抱えていた人々の節々も緩んで、痛みまでもが消えていくのかもしれない。

普段、昼餉を摂る間もないくらい忙しいことのある『薬師庵』も、人けの消えた逢魔《おうま》が時《とき》のように、ぱたりと客足が途切れることがあった。

この日の昼時がまさにそんな有様だったので、

「今日の昼餉は蓮月庵《れんげつあん》の蕎麦にしようじゃないか」

というお寅からの提案に小梅も即座に乗って、『四半刻ばかりで戻ります』の貼り紙を戸口の脇に貼って出かけ、つい先刻、蕎麦屋から帰って来たところだった。

「こんちは」

戸口の方から若い男の声がした。

「はぁい」

返答した小梅が腰を上げて、出入り口の三和土の上がり口に立ち、

「お入りなさいな」

外に声を掛けた。

すると、腰高障子を開けて羽織姿の安兵衛《やすべえ》が土間に足を踏み入れ、

「ご無沙汰」

と笑みを見せた。

「お前――」

思いがけない男の来訪に、小梅はろくな受け答えも出来なかった。

「誰なんだい」

居間のお寅から声が掛かると、

「堀留《ほりどめ》の安兵衛なんだよ」

返事をした小梅は、三和土を上がった安兵衛を従えて居間に入る。

するとすぐ、

「お寅おばさん、小梅ちゃん、元気そうで何より」

鼠色の着物に紺の羽織の安兵衛は、両手を突いて二人に軽く頭を下げた。

安兵衛は、『薬師庵』から近い堀留の組紐屋の次男坊で、小梅の幼馴染みである。
十三、四の時分からの芝居好きが高じて、十六になると親の知り合いの伝手《つて》で、役者の尾上梅雨《おのえばいう》に弟子入りして、三年ぐらい前から尾上左近四郎《さこんしろう》という役者名で舞台に立てるようになっていた。
「しかし、突然顔を出すなんて、どうしたんだい。芝居の最中じゃないのかい」

小梅が問いかけると、

「二十六日が千秋楽でした」

安兵衛は返事をすると同時に扇子を開き、慣れた手つきで顔に風を送る。

「あ。堀留の家に顔を出したついでだね」

お寅がそう決めつけると、

「違いますよ。こっちに用事があったんですよ」

安兵衛は、まるで掌を動かすように扇子で虚空を叩くと、

「実はね、日本橋界隈の知り合いが浅草に芝居を見に来てくれて教えてくれたんだけどさ。三、四日ぐらい前から、どうもおれの顔が刷られた人相書きがあちこちに貼られているというんですよ」

声をひそめた。

「おっ母さん」

小梅が声を出すと、お寅はすぐに火鉢の引き出しから一枚の紙を取り出し、

「これかい」

と、安兵衛の目の前に広げて見せた。

それは、二日前お菅が置いて行った、似顔絵の刷られた卯之吉捜しの人相書きである。

「あぁあ、やっぱりここにもあったか」

安兵衛がため息交じりの声を洩らすと、

「そうか。どこかで見たことのある顔だと思ってたが、お前さんだねぇこれは」

お寅が大いに感心したような声を上げた。

「なるほど。安兵衛の顔だ」

小梅も刷り物の顔と安兵衛の顔を見比べて呟いた。

「だけど、どうしてお前さんの顔が卯之吉捜しの人相書きに刷られてるんだい」

お寅が甲高い声を張り上げた。

「この前、市村座の楽屋に『文敬堂《ぶんけいどう》』って版元に出入りしてる吉松が訪ねて来て、人相書きにおれの顔を描かせてもらいたいと言い出したんだよ」

安兵衛は、口を尖らせて不満げな物言いをした。

『文敬堂』というのは、読売や江戸名所案内などを刷って売る版元である。安兵衛の口から名の出た吉松は、かつて香具師の元締だった『鬼切屋』の若い衆で、三年ほど前、小梅が幼馴染みの安兵衛を引き合わせ、それ以来二人は懇意になったというい きさつがあった。

「しかし、そりゃ変じゃないか。この人相書きは神田鍋町の卯之吉の行方を尋ねているのに、どうしてお前さんの顔が描かれているんだい」

不審を口にしたお寅に、安兵衛はすぐに体を向けると、

「いや、だから、その辺のことを吉松に詳しく聞かなかったおれも悪いけどね、この顔が刷り物になって巷に出回ってるもんだから、おれを贔屓にしてくれてる女た

ちから、尾上左近四郎は性悪女と手に手を取って雲隠れしているのかいなんて、嫌味を言われて困っちまってさぁ」

　困惑した顔で訴えると、芝居っけたっぷりで大きく息を吐いた。

　自分の顔が女と逃げた卯之吉の顔になって困った安兵衛は、そのわけを知りたいと、神田佐柄木《さえき》町の『文敬堂』を訪ねたのだと事情を述べた。

　だが、吉松は居なかったので、

「近くに行ったはずだから、四半刻もすれば戻ると思うよ」

　そう教えてくれた『文敬堂』の奉公人に名を名乗り、日本橋高砂町の『薬師庵』で待つという言付けを頼んで来たのだと、安兵衛はいきさつを明かした。

　その時、出入り口の戸の開く音がして、

「吉松ですが、安兵衛さんが来ていますかね」

　吉松の大きな声が届いた。

「来てるからお上がり！」

　小梅が居間から大声を張り上げると、戸の閉まる音がしてすぐ、着流しの吉松が居間に姿を現した。

「お寅さん、小梅さん、ご無沙汰」

二人に挨拶をすると、吉松は、「よっ」と片手を上げて安兵衛の隣りに胡坐《あぐら》をかいた。

「小梅、お茶」

「いや、おばさん、茶なんかより、吉松からわけを聞くのが先ですよ」

お寅の声を遮った安兵衛は、体を回して吉松を向いた。

「わけってのはなんだい」

吉松は、ぽかんとした顔で一同を見回す。

「これだよこれ。卯之吉って男の人相書きに、どうしておれの顔を刷ったのかってことだよ」

安兵衛は、吉松の前で人相書きをひらひらと打ち振った。

「あれ、その話はしてなかったか?」

「聞いてねぇ。絵師を連れて楽屋に来るなり、お前の顔が欲しいから描かせてくれって、それだけ言って一人帰って行ったんじゃないかよ」

安兵衛は見得《みえ》を切るように、背筋を伸ばした。

「吉松」

お寅が低い声を発すると、

「はい、分かりました。この人相書きの顔をどうして安兵衛にしたか。お話ししましょう」

胡坐を組んでいた足を解いた吉松は、小梅、お寅、安兵衛と向き合うようにして膝を揃えた。

「前にも倅の卯之吉の人相書きを刷ってやったことのある『笠間屋』のお紺さんが、『文敬堂』に現れたのが、半月ほど前のことだったよ」

吉松は、講釈師のような声色で静かに口を開いた。

その時、お紺は、以前刷った人相書きを方々に貼ったものの、どこからも誰からもなんの知らせがなかったと、大いに落胆していたという。

そして、

「それで思ったんですがね、吉松さん。顔形についていろいろ文字を並べてますが、これじゃ、誰一人卯之吉の顔を思い浮かべる人なんかいませんよ」

そう言い切ったお紺は、いっそ、芝居小屋の絵看板のように、卯之吉の顔に似せた絵を人相書きに刷って配ることにしたいと言い出した。

「それで、安兵衛の顔を借りることにしたわけだ」

「だから、どうして卯之吉の顔が安兵衛になるのかって聞いてるんだよ」

小梅が、苛立たしげな声を吉松に向けた。

「しょうがねぇじゃねぇか。似顔絵を描いてくれる絵師が、当の卯之吉の顔を知らねぇんだから」

吉松からそんな言葉が返ってくると、

「なぁるほど」

膝を打ったお寅が、大きく頷いた。

「だったら、母親のお紺さんから卯之吉の顔立ちなんかを聞き出せばよかったんじゃないのかい」

小梅が口を挟むと、

「なるほどっ」

お寅は、その意見にも同意を示した。

「お紺さんを呼んで、絵師が知りたいことを聞いてもらったんだが、卯之吉の目鼻立ちについても他とは目立って違うところを巧く伝えきれないんだよ。そこで、頭を抱えた絵師が、知り合いの中に、卯之吉と顔の似た人は居ないかと聞くと、卯之吉は小さい時分から、親戚や近所のみんなから役者顔だよと言われて大きくなったと言い出してさ」

吉松はそう言うと、さらに、

「お紺さんが、一人うちの卯之吉に似た役者がいますというじゃないか」

と、秘めやかな物言いをした。

そしてお紺はそのあと、

「去年、木挽町から猿若町に移った森田座の芝居を見た時、大看板の尾上梅雨の芝居に出ていた尾上左近四郎が、卯之吉によく似てました」

絵師に堂々とそう告げたのだと明かして、吉松は大きく頷いた。

「おれも絵師も、卯之吉の顔を知らないから、母親の話を信用して尾上左近四郎こと安兵衛の素顔を描かせてもらったというわけだよ」

そう言って、吉松はゆっくりと一同を見回した。

「事情は分かったが、しかし、女と手に手を取って行方をくらました男の人相書きに使うってことは、一言も言わなかったじゃねぇか」

安兵衛は恨みがましい声を出した。

「そうだよ吉松さん。安兵衛は、尾上左近四郎という役者になって人気商売をしてるんだから、御贔屓筋、それも若い娘たちからそっぽを向かれたら奈落に落ちて、役者として二度と舞台に立てないようになるかもしれないんだから、あらかじめ顔の絵の使い道は言っておくべきだったよね」

「そうだな」

小梅の意見に素直に応じた吉松は、安兵衛に頭を下げた。

吉松が安兵衛に詫びを入れたことで、似顔絵の件は一段落していた。

『薬師庵』の居間では、吉松も安兵衛も胡坐をかいてくつろぎ、お寅は煙草の煙を吐き出すと、煙管を叩いて吸殻を火鉢の灰の上に落とす。

そこへ、茶を注ぎ終えた小梅が、火鉢の縁に四人分の湯呑を置いた。

「いただきます」

声に出して湯呑を手に取った吉松が、口をつけようとした時、

「さっきのことはさっきのこととしたうえで、吉松さんに頼みがあるんだがねぇ」

安兵衛が遠慮がちな物言いをした。

「さん付けで頼まれたんじゃ仕方ねぇ。聞きましょう」

手にした湯呑を火鉢の縁に置いた吉松は、少し改まった。

「おれの顔を刷った人相書きが方々に貼られているが、その上からおれとは別の、本物の卯之吉の似顔絵に刷り直して、貼り直してもらうわけにはいかねぇかね」

「そりゃ、金さえ頂けば刷り直しはするが、尾上左近四郎のあの顔じゃまずいのかい」

吉松から問われた安兵衛は、低く唸った。

「安兵衛の似顔絵の刷られた人相書きの脇に、女と逃げただの、傍には性悪女がくっついているだのという一文が書かれていると、まるで役者の左近四郎が女をかどわかしたっていう風に見られてしまうじゃないか。そのうえ、女を売り飛ばす女衒《ぜげん》のような振る舞いに及んだなどという評判が立つのは困ると、安兵衛はそう言いたいんだよ。だろう」

お寅に尋ねられた安兵衛は、

「まぁ、そういうこともあるし、恋仲の女の父親がなんと言ってくるかと思うと、生きた心地がしないんだよ」

大きくため息をついて、肩を落とす。

それを見た小梅が、

「吉松さんにはわたしも言っておくことがあったんだよ」

「なんだい」

吉松が仏頂面をすると、小梅は、

「今更こんなことを言うのは悪いけど、人相書きに描かれた安兵衛の顔は、本物の卯之吉にはほとんど似てないからね」

静かに告げた。

「え」

吉松が、一言、声を発して息を呑んだ。

「そりゃ、本物の卯之吉の顔を思い切り白塗りにすれば、芝居で顔を作った時の安兵衛の顔に似てなくもないけど」

小梅は、まったく似てなくはないと言おうとしたのだが、

「けど、母親のお紺さんは、尾上左近四郎に似てるっておれに――！」

吉松はそう口にして小梅を見、続いて安兵衛に眼を向けた。

「たった一人の倅が、自分の亭主が囲っていた女と惚れ合う仲になっただけでも悔しいのに、憎っくき女と手に手を取って去って行ったとすれば、殺したいほど憎いだろうが、あのお紺さんは憎み切れないんだよきっと。それよりも、母の思いを逆なでした倅ではあるけれども、我が子はこんなに見目麗しく男前だと、みんなに自慢したい母心の方が勝ってしまったってことなんだろうね」

小梅が慰めるかのように言葉を尽くすと、

「そんな母親が、安兵衛の顔を本物の卯之吉の顔に刷り直すのを、今んなって承知するとは、あたしには思えないがねぇ」

人情物の芝居場のような口ぶりのお寅は、手にした湯呑の茶をズズッと音を立てて飲んだ。

その直後、安兵衛と吉松から、期せずして震えるようなため息が洩れ出た。

四

『薬師庵』の表の道が夕焼けの色に染まっている。

ほんの少し前まで静かだった界隈には、下駄の音や荷車を曳いているらしい牛の足音、威勢のいい声を張り上げて走っている棒手振《ぼてふ》りの掛け声が遠く近くで交錯していた。

出職の職人たちなどが仕事を終えた時分であり、表通りは家路に就く者たちで賑わいを見せ始める頃おいである。

役者になっている堀留の安兵衛と、『文敬堂』の吉松が『薬師庵』で顔を合わせてから二日が経った、三月三十日の夕刻である。

「今度はゆっくり、雨で仕事が休みという日に療治にお出でなさいよ」

『薬師庵』の戸口から出た小梅は、大工の道具箱を肩に担いで表通りへ向かう丹造《たんぞう》に声を掛けた。

「あぁ。そうするよ」

立ち止まって返事をした丹造は、

「けど、ほんの少しでも灸を据えてもらったから、安堵したよ。じゃ」

片手を上げて挨拶すると、道具箱を鳴らして大門《おおもん》通の方へと歩を進めた。

見送った小梅は、戸口の脇に下がった『薬師庵』の看板の下に、『やすみます』と書かれた木札を下げて、三和土に足を踏み入れた。

履物を脱いで三和土を上がった小梅は、開け放されていた障子戸から療治場へと入る。

開けられた縁側の、障子の先に見える坪庭から届く西日の色が療治場に満ちて、道具箱の引き出しに艾や線香の補充をしていたお寅の姿を淡く染めていた。

「おっ母さん、仕事終いの刻限をあと半刻（約一時間）ばかり延ばしたらどうだろうね」

小梅が、丹造の療治に使った薄縁に落ちている艾の燃えカスを刷毛《はけ》でかき集めながらお寅に語り掛けた。

「大方の出職の連中の仕事は七つ半（五時半頃）までだから、灸を据えに来たくても、同じ時分に終わる『薬師庵』には来られないんだよ。だからさ、せめて仕事帰りに寄れるように、うちの仕事終いの刻限を半刻ばかり先延ばしにしたらどうかと思うんだよ」

「そりゃね、そうしたいのはやまやまだよ」

そう返答したお寅は、道具箱の引き出しをゆっくりと閉めて、

「だけど、こっちにはこっちの都合というもんがあるじゃないか」

「うちの都合ってのはなにさ」

薄縁を小さく畳んで片隅に置いた小梅は、お寅の近くに膝を進める。

「終い時を六つ（六時半頃）に延ばしたとして、療治の客が六つ間近に飛び込んで来たら、療治を終えるのは短くて四半刻（約三十分）あと。長ければ半刻は掛かる。そうなったら、誰が夕餉の仕度をするんだよぉ」

そう言い終えたお寅は、手を突いて縁側に這い寄ると、両足を伸ばして敷居に尻を付け障子の框に背中を預けた。

「夕餉の仕度なら、わたしがやるしかないじゃないか」

「そりゃ、お前が家に居ればいいよ。けどさ、昼からの出療治が幾つか重なって日暮れまでに帰って来ない時は、残されたあたしはどうしたらいいんだい」

「そんな時は、馴染みの蕎麦屋でもどこでも行けばいいじゃないか」

「お前はそう言うだろうと思ったよ。けど、そうなったら湯屋へ行く間もなくなるんだよ。お前は、湯屋ぐらい明日に延ばせと言うだろうけどさ」

拗《す》ねるような物言いをして、お寅はぷいと庭の方に顔を向ける。

「一日延ばすくらい、なんてことはないじゃないか」

「ほらね、やっぱりそう言う」

お寅は、鬼の首でも取ったように小梅を向いて肩をそびやかすと、

「翌日もその翌日も療治が立て込んで、湯屋も夕餉もままならなくなったらどうするつもりなんだい」

「そんな時こそ、おっ母さんの得意とする、『やすみます』の札を戸口にぶら下げて療治を切り上げればいいじゃないか。そしたら、湯屋だって鰻屋だって行ける」

「お前はそうやって、外に食べに行けばいいと言うが、そうなったら、つい酒を飲むことにもなるよ。銚子一本で済めばいいが、二本になり三本になって、ついつい散財してしまう。そうなったら、家に帰って布団を敷くのも面倒になって、その辺でごろ寝だ。それで風邪なんかひいて熱を出し、次の日の療治は出来なくなるって

いう寸法なんだ」

お寅は長々と理屈をこねたが、要は、仕事終いの刻限を延ばしたくないということなのだ。

これ以上なんと言っても、おそらく聞くまい。

「分かった分かった」

小梅は自棄《やけ》のような物言いをした。

「なんだい、その口の利きようはいったい。あぁ、気分が悪い」

そう口にしたお寅は、小梅からぷいと顔を背けて、いつの間にか翳《かげ》っている坪庭の方へと体を回した。

『あぁ気分が悪い』というのは、相手の言い分など、金輪際《こんりんざい》聞くものかという時のお寅の口癖だった。

その言葉が出ると、あとは何を言っても話は嚙み合わないし、先へも進まない。

そういう時は、逃げの一手に限る。

「さてと、わたしは夕餉の買い物にでも行って来るか」

立ち上がった小梅は、解いた襷《たすき》をくるくると巻いて道具箱に載せる。

「あとはひとつよろしくね」

陽気な声を掛けると、療治場を出る。

三和土の下駄をつっかけた小梅は、

「行って来るよ」

殊更《ことさら》大声を発して戸口を出ると、日暮れ間近の道を表通りへと向かった。

五

湯屋のある三光新道《さんこうじんみち》はすっかり暮れている。

手拭いや糠袋を容れた湯桶を抱えて湯屋を出た小梅は、大門通へと出たところを右へと曲がる。

大門通の東側は、かつて吉原遊郭のあった場所だった。それが明暦三年（1657）の火事で浅草寺裏の千束《せんぞく》に移転したあとは、元吉原という呼ばれ方をしている。

かつての賑わいは今ではもう見られない。

だが、夜になると方々で灯り始める居酒屋や飯屋の提灯は、昔の名残なのかもしれない。

小梅が高砂町の辻に差し掛かった時、『薬師庵』の方から妙な人影が現れて足を止めた。

「あぁ、今でしたか」

声を掛けた人影は、『雷避けのお札売り』の装りをした弥助だった。

その装りは、いつも通り、頭に二本の角を付けた鉢巻きをして虎柄の褌を穿き、背中には小さな太鼓を幾つか付けた竹の輪を背負っており、『かみなりよけ』と書かれた小さな幟を下げた竹を手にしている。

「弥助は、うちに寄ったのかい」

「知らせたいことがあって寄ったら、お寅さんが、小梅さんは湯屋に行ったたって」

「おっ母さん、夕餉は済ませていた様子だったかい」

小梅が探るように尋ねると、

「小梅はあたしと口も利かずに自分一人さっさと食べて、さっさと湯屋に行っちまったよぉなんてぼやいてましたけど、なにがあったんで？」

弥助まで声を低めて答えた。

「なぁに、いつもの親子喧嘩だよ。それより、わたしに知らせたいことってのは、なんだい」

「へぇ」

小さく頷いた弥助は、「こっちへ」と声を掛けて、辻から少し引っ込んだ所に置いてある天水桶の陰に場所を移す。

「今日の昼前、浅草の方に売りに行ったついでに蛇骨長屋の様子を見に行ったら、針売りの装りをして出て来たお園って女を見かけたんで、後をつけてみました」

気負い込むことなく伝えた弥助の言葉に、小梅は軽く眼を瞠《みは》った。

「そしたら、上野東叡山《とうえいざん》の黒門《くろもん》から少し上ったところにある、山王社に入り込みました」

話を続けた弥助に、小梅は頷き返す。

「その山王社の社殿の東側に、他の木に交じって藤の木が三本立ってまして、その一番南側、ええと、上野広小路側の藤の木の小枝に近づいて、ほんの少し何かを探したあと、一本の小枝を摑むと、そこに巻かれていた白い糸を枝から外して袂に仕舞って、その場を去って行ったんですよ」

静かに語り終えると、弥助は小さく頷いた。

そしてさらに、

「それは、小梅さんがお園って針売りから聞いたっていう、小三郎からの合図じゃねぇかと思ったもんだから、その後をつけることにしました」

とも口にしたのだが、上野東叡山を去ったお園は、上野、根津、本郷、湯島周辺を歩いて針売りをし、日暮れ時に蛇骨長屋に帰ってからは、外に出ることはなかったとも伝えた。

「おぉい、もう帰るのかよ。もう一軒、どっか、女っけのある飲み屋に行こうじゃねぇかよ」

大門通の方から酔い痴れた男の声が響き渡った。

すると、印半纏《しるしばんてん》を着た二人の男が肩を組み、今にも転びそうな足取りで天水桶の傍をふらふらと通り過ぎていく。

「おれは、その白い糸が合図の印と思ったんですがね」

「あぁ、わたしもそう思うよ」

小梅がそう答えると、

「だったらなんで、お園はすぐに会いに行かなかったんですかね」

弥助は訝しそうに首を捻った。

「合図をした日に、どっちかに用がないとは限らないだろう。とすれば、一日か二日ばかり日を置いてから会うっていう手筈じゃないのかねぇ」

小梅は思い付きで口にしたのだが、これは案外当たっているような気がする。

「そしたらおれは、明日からお園の動きを見張りますよ」

「お札売りもあるんだから、無理をしないでおくれ。あんたの稼ぎの合間でいいんだからね」

「小梅さん、おれのことは心配しねぇでもらいてぇな」

弥助はそう言うと、金壺眼の目尻を下げた。

六

灸の道具箱を提げた小梅が、軽く下駄の音を立てて下谷《したや》坂本町の通りを三之輪村の方へ向かっている。

月が替わって、今日はすでに四月二日である。

白緑《びゃくろく》に路考茶《ろこうちゃ》の菱柄をあしらった着物に紺の裁着袴を穿いているのは、いつもの出療治の装りだった。

上野東叡山の東を北へ延びる道は日光道中であり、昼を過ぎたとはいえ、人馬や荷車の行き来が多い。

大門通の辻で弥助と会ったのは、一昨日の夜だった。

その翌日である昨日の朝、『薬師庵』が療治を始める刻限を迎えるとすぐ、町《まち》小使《こづかい》が文を届けに来た。町小使というのは、文や小さな品を届ける飛脚に似た仕事だが、届け先はもっぱら江戸府内で、女や老爺でも務められた。

『薬師庵』に来た町小使は、差出人は返事を求めていると言い、お玉からの文を小梅に渡したのである。

その文には、根岸金杉村に移り住んで一月近くになるのに、知らせもせずに申し訳ないと記されていた。さらに、引っ越しの荷物運びや借家の修繕、三味線の弟子を取る支度などで疲れはてたのか、腰や背中や首が凝ったので近隣の灸据所に行ったのだが一向に効かないと、嘆きの一文も書き添えられていた。

そして、文末には、

『薬師庵からははなはだ遠方ではあるが、明日の昼過ぎ、なんとか金杉村まで出療治をお願いしたい。ついては文を届けた町小使に出療治の諾否を託していただきたい』

というお玉の願いが、切々と認められていた。

小梅は、引き受けるという返事を町小使に託した。

「上野の先の金杉村に行くなんて、そりゃもう旅に出るようなもんじゃないか」

お寅は、小梅が『薬師庵』を半日も空けることになると知って激しい異議をぶつけた。それに対して、お玉の三味線の弟子たちが、日本橋界隈の友人知人に頼んで『薬師庵』の評判を広げてくれることになっているという作り話をすると、お寅はなんとか承知したのである。

小梅としては、『薬師庵』を頼ったお玉の思いを汲んでやりたかった。

だが、その一方で、お玉と卯之吉の様子を垣間見たいという好奇心も働いて、四月二日のこの日、根岸金杉村を目指したのだった。

出療治を引き受けた昨日、お玉の住まいへの道順を示した地図を町小使から受け取っていた。

上野広小路で昼餉の蕎麦を手繰ったのは、九つ（正午頃）の鐘が鳴ってから四半刻程が経った時分だった。

下谷坂本裏町の三叉路で足を止めた小梅は、そこで懐から地図を取り出して見た。地図には三叉路を左へ行くよう印がしてある。

小梅は地図の指図通りに足を向け、西蔵院前の小川に着いた。

小川に架かる小橋を渡った先に、板塀を巡らせた平屋の一軒家があり、その家の扉のない小ぶりな冠木門《かぶき》には、地図に記された通り『三味線指南　清河《きよかわ》すみ弥《や》』の看板が掲げられていた。

「こんにちは。『薬師庵』から参りました」

冠木門を通って戸口に立った小梅が声を掛けると、ほどなく戸口の向こうに人の気配があり、

「あぁ、その節は何かとお世話になりまして」

戸を開けた途端、顔を晒した卯之吉が深々と腰を折った。

「小梅さん、どうか上がってくださいな」

奥からお玉の声がすると、

「ささ、こちらへ」

卯之吉に促されて土間に入った小梅は下駄を脱いで框に上がり、先に立った卯之吉に続いて縁側の六畳ばかりの座敷に入った。

「小梅さん、ご無沙汰をして申し訳ありませんでした」

畳の上に敷いた薄縁に上っ張りを羽織った襦袢姿のお玉が膝を揃えていて、殊勝に手を突いた。

「ずいぶんと鄙《ひな》びたところへ移られましたねぇ」

「事情が事情ですから、神田界隈からは離れたところがいいと思いましてね」

小さく笑って小梅に返事をすると、お玉は卯之吉に眼を向けた。

「すぐに支度を」

卯之吉はまるで僕《しもべ》のように気を利かせ、薄縁に小さな枕を置く。

そしてすぐ、台所から小さな手あぶりを持って来て、小梅の道具箱の近くに置き、

「線香は、この炭火をお使いくださいい」

卯之吉はそう言い、「用があればお声を」と言い置いて、長火鉢や三味線の置か

れた隣室へ引っ込んだ。

「支度をしますから、それまで横になっていてください」

お玉に声を掛けると、小梅は道具箱の引き出しから細紐を出して、襷を掛ける。すぐに線香立てと線香、手拭いを出す。

「近くにある二、三か所の灸据所に行ったんだけど、どこもしっくりこなくてねぇ。あるところなんかは、手の震える爺さんが灸師で、艾を置くにも手が震えるし、線香を持つ手も震えるもんだから、いつ肌に線香の火がつくかとひやひやのし通しでしたよ。もう一人の灸師のとこに行ったら、これはもう一向に効きゃしない。それでもう、『薬師庵』さんに頼るしかないと思ったんですよ」

腹這いになっていたお玉は、小梅にぼやきを聞かせた。

「腰と背中と首が凝ってるということですから、まずは腰のツボから始めましょうか」

小梅はそう言い、襦袢の裾を腰の上まで捲り上げ、腰の湯文字を少し下にずらす。

「これが腰のツボの『腎兪』、つぎが『大腸兪』、ここが『殿圧《でんあつ》』、そして『承扶《しょうふ》』、膝の裏の『委中《いちゅう》』」

小梅は、腹這ったお玉に、それぞれのツボを指で押し示した。

鉄瓶の掛かった長火鉢を間に、小梅とお玉が向かい合っている。

お玉への療治は半刻も掛からずに終え、道具の片付けも済ませた小梅は居間で一息ついていた。

「お待たせを」

台所の方で茶を淹れた卯之吉が来て、お盆に載せていた湯呑を小梅とお玉の前に置くと、猫板近くに膝を揃えた。

「いただきます」

声を掛けて、小梅は湯呑に手を伸ばした。

「三味線は、ここで教えてるんですよ」

お玉が居間の隅に立てかけられている三味線を指して話を切り出すと、

「この辺りに、結構、三味線を習いたいという人がいましてね。根岸の寮に暮らしてるお店の娘さんとか、坂本辺りに住んでる芸者の見習いがね」

「それに、下谷辺りの小店の若旦那とか噺家なんかも三味線を習いたいといってくるんですよ」

卯之吉が、お玉の話に付け加えた。

すると、お玉は、

「この人がよく立ち働いてくれるから、あたしはありがたいのなんの。さすがに客商売の家の若旦那ですよ」

そう言って卯之吉を誉めそやし、

「まぁ、あのおっ母さんに手足を縛られたようにして育てられていたこの人も、今はやっと、伸び伸びとしてますよ。ね？」

そう声を向けると、卯之吉は「はい」と素直に頷いた。

「実はね」

小梅は少し迷ったものの、道具箱の引き出しから思い切って『文敬堂』が刷った似顔絵付きの人相書きを取り出すとお玉と卯之吉の前に広げ、

「卯之吉さんのおっ母さんが、この間からこんな人相書きを刷って方々に貼っているんですよ」

「尋ね人、神田鍋町、『笠間屋』の卯之吉――これは！」

卯之吉は、小梅の手から刷り物をひったくると人相書きに眼を走らせる。

「性悪女がついてるなんて、これはあたしのことなんだろうね」

卯之吉の脇から覗き込んだお玉が、冷ややかな声を吐き出した。

すると、

「おっ母さん、なにもこんなもの貼り出さなくったって――」

虚空に向かって呟いた卯之吉は惚《ほう》けたような顔になり、がっくりと肩を落とす。

「だけど、この顔は誰の顔なんです」

卯之吉の手から人相書きをひったくったお玉が、似顔絵に眼を近づけた。

「まさか、卯之さんの顔ってことじゃありますまいね」

「それが、母親のお紺さんは、これが卯之吉さんだと言って、版元に刷らせたんですよ」

小梅がそう返答すると、一瞬ぽかんとしたお玉は、やがてふふふと不敵な笑いを浮かべ、

「卯之さん、あんたのおっ母さんは、倅の顔を忘れてしまったようだよ」

そう言いながら、刷られた似顔絵を卯之吉の顔の近くに掲げた。

「小梅さんどうです。こんな顔を江戸中に貼り出されたって、金杉村にいる卯之吉のことだとは、誰一人として思いますまいね」

そう口にしたお玉は、「あはははっ」と大きな笑い声を上げた。

七

金杉村のお玉の家を後にした小梅は、行きに通った道を引き返して上野東叡山の黒門の方へと向かっている。

下谷車坂町を過ぎ、山下へ差し掛かった時、ふと足を止めた。

小梅が行方を捜している小三郎が身を寄せているのは、香具師の元締である『山徳』のところではないかと弥助から聞いたことがあった。

その『山徳』があるのが上野山下だということも弥助の口から聞いていた。

通りの左右に眼を走らせると、西側には寺が並び、その反対側には御徒組《おかちぐみ》の役宅が密集していて町家は見当たらない。

山下一帯を歩いてみるか——そんな思いが小梅の頭をかすめたが、それはやめることにした。

「『山徳』に近づいて妙な探りを入れるのは、剣呑だよ」

『鬼切屋』の治郎兵衛からそう言われたことが、小梅の耳には鮮やかに残っていた。

そしてさらに、

「闇夜でも眼の利く恐ろしい奴もいると聞くから、近づくのはよすことだ」

治郎兵衛は小梅にそう釘を刺したのだ。

世の中の裏にも通じている年長者の戒めに従うことにした小梅は、急ぎ山下を離れて高札場のある上野東叡山の黒門へと足を向けた。

そこには、小三郎とお園が逢引きのための合図を残す山王社がある。

三月末日の夜に会った弥助から、山王社に足を向けたお園が、藤の木の枝に巻かれた白い糸を解いて持ち帰ったという話を聞いていた小梅は、その場所を確かめておきたくなったのである。

山王社は、谷中七福神のひとつを祀る清水《きよみず》観音堂の右手にあった。

小ぶりな社地の右手に、三本の藤の木が枝を広げている。

小梅は、一番南側の藤の木の前に立つ。

枝を見回しても、巻かれた糸は見当たらない。

そっと手を伸ばして、枝に触れてみる。

小三郎はなぜ、木の枝に糸を巻いて合図をよこすという手の込んだことをするのだろうか。

用心が過ぎるような気がする。

そんな思いが頭をかすめた時、突然、近くから鐘の音が鳴り響いた。

上野東叡山の大仏近くの時の鐘が、七つ（四時半頃）を打ち始めたのだ。

上野東叡山の山王社を後にした小梅は、下谷御成街道をひたすら南へと急いでいた。

神田川に架かる筋違橋《すじかい》を渡れば、そこから日本橋高砂町へは半刻も要せずに帰り着ける道のりである。

通新石町《とおりしんこく》を通り過ぎ、鍋町を半分ほど進んだところで『笠間屋』という看板を軒端に下げた瀬戸物屋を少し通り過ぎて、ふと足を止めた。

神田鍋町の『笠間屋』と言えば、卯之吉の生家である。

『玄治店』にお玉を囲っていた卯之吉の父親が営む瀬戸物屋に違いなかった。

少し後退《あとずさ》って『笠間屋』の店の中に眼を遣ると、年の頃五十ばかりの男が、棚に並べた急須に手を伸ばして置く位置を直していた。

「ちょっとお伺いしますが、こちらにお紺さんはおいでになりますでしょうか」

店に足を踏み入れた小梅が五十男に声を掛けると、

「お紺はわたしの女房ですが、いまちょっと、三河町の方に。ええと、お前さんは」

訝るような眼差しを向けた。

「わたしは、日本橋高砂町の『灸据所　薬師庵』の、小梅と申します」

「お。『薬師庵』の名は、以前から、お玉の口から聞いていたんだよ。あぁ、そうかい、あんたが灸師の小梅さんですかぁ。あ、わたしはその、お紺の亭主の久次郎《きゅうじろう》でして」

小さく笑みを浮かべると、

「女房がお宅に押しかけたりして、何かと厄介をかけたようで」

きまり悪そうに頭の髷《まげ》を片手で軽く撫でると、ふと改まって、

「『薬師庵』さんに伺いますがね、倅の卯之吉がどこへ行ったかなんて、ご存じゃありますまいか。いやね、うちの女房は、『お玉がわたしから卯之吉に乗り換えたなんて喚いてるんだが、そんな話があるなんてわたしには思えないんですがねぇ。それなのに、お紺の奴、卯之吉の人相書きまで刷ってあちこちに貼って回る始末で」

そこまで一気にしゃべると、大きく息を継いだ。

「それで、人相書きの効き目はあったんでしょうか」

小梅が静かに問いかけると、

「あちこちからありすぎるくらいありましたよ」

久次郎はそう言うと、大きく息を吐いた。

卯之吉を見かけたという話の多くは、『文敬堂』を通してお紺にもたらされているということだった。

品川の妓楼に入って行くのを見ただの、浅草の猿若町で団子を食べているのを見かけただの、芝居小屋近くの湯屋から出てきただのというたわいない目撃談なのだが、お紺はそのひとつひとつを確かめに方々へ足を向けているのだと言ってぼやく

と、

「卯之吉だって、もう餓鬼じゃないんだから、ほっとけばいいのにさぁ」

久次郎は、またひとつ、大きなため息を洩らした。

するとすぐ、

「お前――」

店の出入り口に眼を向けて、久次郎が声を洩らした。

表の通りから入り込んできたお紺が、小梅に眼を向けて眉をひそめた。

「こちら、お前を訪ねて見えた、薬師庵ていう灸据所のエエト」

「小梅といいます」

「あ、あんた」

顔を思い出したのか、お紺は小梅に眼を向けてぐいと近づくと、

「卯之吉のことで、何かいい知らせでもありましたか」

「いえ、ただ――卯之吉さん捜しはどんな塩梅かと」

そんな小梅の返事を聞くと、お紺は露骨に疲れた顔をしてため息をつき、帳場のある框にがっくりと腰を掛けた。

「あんた、卯之吉がこのまま帰って来なかったら、『笠間屋』をどうするつもりですか」

お紺は、久次郎を見もせずに力のない声を出した。

「そりゃ、このわたしが切り盛りしますよ」

久次郎は、自棄をおこしたような物言いをして、軽く口先を尖らせた。

「あんたが死んだあとは」

「その時は、お前が養子を取るか、商い好きの若い亭主を貰えばいいじゃないか」

久次郎が面倒臭そうな返答をすると、

「うちには、卯之吉っていう倅がいるっていうのに、どうして私が養子なんか。どうしてこんなことになってしまったんですか。それもこれも、あんたがあんな女に入れあげてしまったばっかりにっ！」

いきなり框を立ったお紺が、久次郎の胸に両拳を幾度も叩きつけた。

そんな夫婦の有様を目の当たりにして、小梅は俄《にわか》にお紺が哀れに思えた。

卯之吉の目撃談の多くは、おそらく尾上左近四郎こと安兵衛を見かけた者の知らせだと教えてやった方がいいのかもしれないと、軽く胸を刺すものを感じなくもない。

　だが、卯之吉が尾上左近四郎の顔に似ていると思い込んでいるお紺の思いを砕くのは、罪なことかもしれない。

「わたしはこれで」

　小梅は小さく辞去の声を口にしただけで『笠間屋』を出た。

八

　四半刻ほど前に日の入りをした表通りは、まだ少し明るさが残っていた。

　単衣《ひとえ》の着物の上に薄物の上っ張りを羽織った小梅が、新和泉町と人形町通の辻を南に折れて、住吉町の方へと足を向けた。

　お玉の家に出療治に行った日の黄昏《たそがれ》時である。

『薬師庵』に帰り着いてから夕餉の仕度をしても間に合わないと思った小梅は、堺町近くの煮売り屋で煮豆や里芋とこんにゃくの煮物、その近くの菓子屋では折詰の赤飯を買い求めて、お寅との夕餉の膳に載せた。

夕餉のあと湯屋に行った小梅は、家に戻るとすぐ縁に出て、足の三里《さんり》に自分の手で灸を据えた。

根岸までの往復で、少々足が疲れていた。

「言い忘れてたけど、お前が湯屋に行った後、『鬼切屋』の治郎兵衛さんがここへ見えたんだよ」

居間から顔を突き出したお寅がそう言ったのは、灸を据えていた時だった。

お寅は、湯屋から帰ったらすぐに行かせると返事をしたらしいのだが、

「何も急ぎじゃないから、明日でも構わないよ」

治郎兵衛からはそんな答えが返ってきたという。

だが、わざわざ訪ねて来てくれたことが気になって、今日のうちに顔を出すことにしたのである。

治郎兵衛の住む元大坂町は、『薬師庵』から歩いても大した道のりではない。

人形町通の『玄治店』の三叉路に差し掛かったところで、堺町横町の角の居酒屋から出てきた二人の男が眼に入った。

小綺麗な着流し姿の二人連れは、四十代半ばくらいと、それより二つ三つ若いく

らいである。人出の多い日本橋界隈だから、見かけない顔はいくらでもいて何の不思議もないのだが、なぜだか、その二人は小梅の眼を惹いた。

暗がりで顔立ちは判然としないが、足の運びや体の動きには、辺りの警戒を怠らぬというような気配が漂っていた。

その二人とすれ違った小梅が、歩きながら振り返ると、ほんの少しの間しか経っていないにもかかわらず、男たちの姿は見えなくなっていた。


小梅は、元大坂町の治郎兵衛の長屋に上がるなり、

「わざわざ訪ねて来てくれたそうで」

湯呑と酒の通徳利《かよいどっくり》を持って突っ立っていた治郎兵衛に頭を下げた。

「なんの。お寅さんにも言ったが、急ぐような用じゃないんだよ」

そう言いながら、治郎兵衛は火の気のない長火鉢を前に腰を下ろす。

「酒にするかい。それとも茶かね」

「わたしには構わないでくださいな」

小梅はそう言いながら猫板に立てられていた通徳利を摑むと、治郎兵衛の方に突

き出す。

「わるいね」

治郎兵衛が手にした湯呑を前に差し出すと、小梅は慣れた手つきで酌をする。

すぐに口を付けた治郎兵衛は、

「燗をしなくてもいい時節になったねぇ」

独り言のように呟くと、湯呑を置いた。

「小三郎の調べを進めてくれている、おれの古い知り合いのことは言ったろう」

「たしか、鎌次郎《かまじろう》さんと丑蔵《うしぞう》さん」

小梅が口にした二人の名は、仮の名である。

昔の知り合いだという二人は今でも世間を憚《はばか》る境遇らしく、用心のために、治郎兵衛と小梅の間では、二人のことは仮の名で話をすることになっていた。

「その二人が、その後の調べのことをここに知らせに来て、半刻前に帰って行ったところなんだよ」

治郎兵衛の話を聞いて、先刻、居酒屋から出てきた二人の男のことが頭を過《よぎ》った。

鎌次郎と丑蔵の年恰好のことを聞いてみようかと思ったが、思い留まった。

何かと詮索されないようにと仮の名を付けた治郎兵衛の配慮を、ここで無視してはならないのだと小梅は思い至ったのだ。

「鎌次郎と丑蔵の話では、小三郎がなぜ、名を偽って清七さんに近づいたのかも、塒《ねぐら》がどこかも、今のところはまだ摑めてないということだったよ」

「はい」

小梅は、治郎兵衛の知らせに素直に頷いた。

「だがね、二月の半ばに、小梅さんが亀戸の梅見に行った日の夜、降りかかった災難のことは、鎌次郎と丑蔵にも伝えたことは知っているね」

治郎兵衛の問いかけに、小梅ははっきりと頷いた。

それは、亀戸からの帰りに、浅草下平右衛門町の船宿『玉井屋』の船着き場で、材木問屋『日向屋』の主、勘右衛門《かんえもん》と上野山下の香具師の元締『山徳』の親方、徳蔵が、二人の侍と船を下り、船宿『鶴清楼』に入って行くのを小梅が見かけたのが発端だった。

小梅は、『玉井屋』からの帰り、勘右衛門の同行者がどうにも気になり、『鶴清楼』を訪ねたのだ。その時下足番に、うかつにも勘右衛門と同行していた侍のことを尋ねた。すると、同行していた二人の侍の一人が現れて、小梅は睨みつけられたのだった。

深入りは禁物と、『鶴清楼』を後にしたのだが、浜町堀近くの暗がりで、頬被りして顔を隠した男に追いつかれた末に、「どうしてお武家の名を聞いた」とも「『日向屋』を知っているのか」とも問われた。

小梅が言い淀んでいると、頬被りは遂に、

「胡散臭《うさんくさ》い奴は始末しておけと言われてるんだよ」

と口にして、匕首《あいくち》を向けたのだ。

その時、佐次や金助とともに駆けつけた弥助が、頬被りをむしり取られた男に
「おめぇは、小三郎」と口にしたのだった。

「その後、小梅さんが船着き場で見た侍の一人が、鳥居耀蔵だったと知ったことを鎌次郎と丑蔵に伝えると、大きな関心を示していたんだよ」

治郎兵衛が口にした通り、小梅は鳥居耀蔵の口から直に「鳥居だ」と知らされていた。

「しかし、小三郎に、胡散臭い奴は始末しておけと因果を含めて小梅さんを襲わせ

たのは誰かということだよ。鳥居耀蔵とともに『鶴清楼』に上がった『日向屋』か、『山徳』の徳蔵か、鳥居耀蔵か。小三郎はその中の誰かの指図で動いているということだよ」

　そこまで口にした治郎兵衛は、湯呑の酒を舐めた。

　いや、もうひとり、着物も袴も黒ずくめの侍がいた——思い出して、小梅が口にしようとした時、

「小梅さん」

　治郎兵衛が小さく声を掛けると、

「この前、小三郎や香具師の『山徳』、それに材木問屋の『日向屋』と鳥居耀蔵が交わっているようだという話をしたら、鎌次郎や丑蔵が鳥居耀蔵にひどく関心を示したから、小梅さんから聞いた話をしてみたんだよ。ほら、例の、鳥居耀蔵が養子に行く前の話だよ。生家の林家にいた時分、屋敷に奉公していた下女を孕ませたらしいという噂の一件だよ」

　以前、小梅が話したことを切り出した。

「鳥居耀蔵が養子に出る前の名は忠耀《ただてる》といったそうだが、ややこしくなるから耀蔵

という名で通すことにするが、鎌次郎と丑蔵は、鳥居家の養子になる前の耀蔵のその一件が気になったらしくてね、それとなく探ってみたんだと、さっきここに来てそのことを話して行ったんだよ」

声を低めた治郎兵衛は、秘密めかした物言いをした。

九

「林家の下女が孕んだというのは、今から二十四、五年前の、耀蔵が二十一、二か、そんな年頃のことらしい」

二十年以上も前の林家のことを調べていた鎌次郎と丑蔵は、その経過を先刻、治郎兵衛に切り出したという。

「鎌次郎と丑蔵が言うには、二十数年前から林家に出入りしているお店の奉公人や植木屋、百姓、馬子たちを、芋づるを手繰《たぐ》るみてぇに捜し当てて、当時のお屋敷の様子を聞いたそうだよ」

世の中からうずもれていることを探り出したり人捜しをしたりすることなど、鎌

次郎と丑蔵にはさほど難しいことではないのだと治郎兵衛は言う。そのうえ、

「あの二人は眼も利くし、人をたらすことに長《た》けているんだ。騙すんじゃなく、人の気を摑むのを得意としてると言った方がいいね」

そう言った治郎兵衛は、小さな笑みを浮かべた。

そんな鎌次郎と丑蔵が調べたところ、出入りが絶えたり廃業したりしたお店もあるにはあったが、米屋、本屋、味噌屋、醬油屋、蠟燭屋、紙屋などの多くは、代々に亘って林家に出入りを続けていた。

「大名家や旗本屋敷はどこもそうだが、大学頭《だいがくのかみ》を務める林家にしろ、口入れ屋から斡旋される出替《でがわり》の奉公人に頼らないと屋敷の奥向きも台所も、動きがとれないことは、あちこちの武家屋敷に出入りしている小梅さんも知ってるだろう」

「分かります」

小梅は、治郎兵衛の問いかけに頷いた。

登城の時の行列は、お家の格によって人数や持ち物が決められているから、勝手に供揃えの数を減らしたり増やしたりすることは出来ない。

しかし、参勤で江戸に来る大名家は江戸に着くなり、国から供をして来た徒士《かち》や

足軽などの多くを、江戸藩邸の経費節減のために国元に帰すのが常態となっていた。従って、江戸の屋敷が人を必要とする時は、乗り物担ぎの陸尺《ろくしゃく》や槍持ち、挟み箱持ちなどを一日雇いにしたり、あるいは半年や一年ごとに、馴染みの口入れ屋から雇い入れたりする必要があった。

「鎌次郎と丑蔵は、林家に出入りしている二、三の口入れ屋を回って、二十四、五年前ごろ、林家に出替で奉公していた者たちの消息を聞いて、訪ね回ったたっていうんだよ」

治郎兵衛の話を聞いて、小梅の口からは、「はぁ」と感心の声が洩れた。

そして、二人の働きの甲斐あって、耀蔵が養子になる一、二年前、林家で縫物、洗濯、台所などの雑事をしていた下女の一人が、屋敷から突然いなくなったという話を、当時、林家に出入りしていた三、四人のお店者や奉公人から聞き出していたのである。

中には、夜中、耀蔵が蔵から出た後、一人の下女が蔵からこそこそと出て来るのを見たという者もいた。

しかし、その蔵から出て来た下女か、あるいは別の女かははっきりしないものの、一人の下女が突然姿を見せなくなったことは、屋敷での噂になっていたという。同じ部屋で寝起きしていた女中などの話から、姿を消した下女が身籠っていたことは間違いないと思われる。

だが、それが耀蔵の子とは限らないと、鎌次郎は治郎兵衛にそう言い添えたという。

「武家屋敷に住み込んでいる家臣や奉公人ら男どもは、簡単には屋敷から出られねぇ。つまり、気軽に女遊びが出来るってものじゃないんだよ。ことに、大学頭という幕府の重職の林家だ。好き勝手に岡場所に繰り込むわけにはいかねぇってことだよ。ということは、屋敷で奉公する女たちには、男たちの手が伸びやすいということになる」

「屋敷で身籠った下女も、屋敷勤めをしていた男の子を孕んだかもしれないってことですね」

小梅が独り言のように呟くと、治郎兵衛は、

「林家ではその頃、奉公人の女が子を産んだという話も、屋敷の中に赤子が居たという様子もなかったってことだよ」

と告げて、胸の前で腕を組んだ。

「耀蔵の不始末を隠すために、どこかで密かに産ませたってことはありませんかね」

「そりゃぁ、ねぇよ小梅さん」

治郎兵衛からのんびりとした声が返ってきて、

「耀蔵が屋敷の女に手を出して、子を孕ませても、特段、家の恥ってことにはならねぇし、耀蔵本人を震えあがらせるほどの脅しにもならねぇこったからねぇ」

とも付け加えた。

「その消えた下女が、屋敷勤めの男の子を孕んでいたらどうなるんですかね」

小梅が不審を口にすると、

「林家とすれば、下女を親元に帰すか、親がいなければ口入れ屋の書付に書き添えられてる請け人に任せるだろうよ。その後、親元で産んだかもしれないし、生まれた子はどこかに里子に出されたってこともある」

淡々と答えた治郎兵衛は、

「とはいえ、鎌次郎と丑蔵の二人は、林家からいなくなった下女のことは、もう少し探ってみるとは言っていたがね」

そう言い終わると徳利を摑み、空になった湯呑に酒を注いだ。

元大坂町の治郎兵衛の長屋を後にして、人形町通に出た途端、小梅は思わず着物の襟を搔《か》き合わせた。

夏とは言え、四月の夜風にはまだ冷気があった。

どこからかは分からないが、三味線や太鼓の音が風に乗って小梅の耳に届く。

かと思うと、按摩《あんま》が客を呼ぶ笛の音も響き渡る。

住吉町の三叉路を過ぎ、堺町横町の三叉路に差し掛かったところで、小梅は足を止めた。

治郎兵衛の長屋に向かう途中で見かけた二人の男が出て来た居酒屋は、まだやっているらしく、腰高障子に店の中の明かりが映っている。

小梅は、居酒屋から出て来た二人の男は、もしかして、治郎兵衛が仮の名を付けた鎌次郎と丑蔵ではないかという思いにまだ囚われていた。

がっしりとした体軀といい、凄みを漂わせていた身のこなしといい、ただ者ではないように思えるのだ。

小梅のすぐ近くで、パタパタと紙がはためく音がした。

居酒屋の外壁に貼られた半紙大の刷り物の、糊の剝がれた四隅の一角が風にあおられてはためいている。

刷り物には『尋ね人』と記されており、安兵衛の似顔絵が刷られた、卯之吉捜しの人相書きだった。

パタパタと音を立てながら、風に抗《あらが》って板壁に貼りついている人相書きの様相は、まるでお紺の執念を見るようで、ぞっとする。

ふうと息を吐いた小梅は、まるで逃げるようにその場を離れた。

その時どこかから犬の遠吠えがして、辺りに響き渡った。

第三話　埋火

一

月が四月に替わって夏になったかと思ったら、あっという間に四月八日の灌仏会《かんぶつえ》を迎えていた。

釈迦《しゃか》の誕生日を祝う灌仏会は、夏になって最初の行事であった。

この時季になると、不如帰《ほととぎす》の声もするし、早くも蚊帳《かや》売りの声が通りを行くようになる。

大川に架かる永代橋を、裁着袴に下駄履きという出療治の装りをした小梅が道具箱を提げて、深川へと向かっていた。

九つ半（一時頃）という頃おいである。

真上からの日射しを浴びる橋の上で、竹の筒を手にした幾人もの老若男女とすれ違ったが、灌仏会に行った帰りかもしれない。

手にした竹の筒には、花御堂《はなみどう》の下に立つ小さな釈尊像に注いだ甘茶が満たされているに違いない。

甘茶を家に持ち帰って、家族ともどもそれを飲み、釈迦の降誕を祝うのだろう。

そんな夏の初めの行事を皮切りに、藤や牡丹、杜若《かきつばた》が次々に花を咲かせる時節となった。

この日、日本橋高砂町の『薬師庵』は、朝から療治の客が続いた。

口開けの五つ（六時半頃）には、若い女房と初めての女客が子連れでやって来て、不妊に悩む若い女房を小梅が引き受け、お寅は、母親の膝に腹這いになった三つほどの男児の背中に灸を据えた。子供の夜泣きや疳《かん》の虫には、首の付け根から少し下にある『身柱《しんちゅう》』というツボと、その下の『膏肓《こうこう》』というツボが効くが、お寅は子供を気遣い、艾を小さくして火を点けた。

それでも時々、母親の膝に腹這った子供が「うっ」などと声を洩らす。

小梅が灸を据えていた不妊に悩む女房は、声を出す子供が気になるらしく、隣りに顔を動かして心配そうな眼を向けていた。

「すみません。たびたび顔を動かすと、艾がツボから外れてしまいますので」

丁寧に声を掛けた時は、「はい」と返事をするのだが、子供から声が洩れると心配になるらしく、すぐに隣りに顔を動かした。

小梅は思案の末、女房のへそ下にある『関元《かんげん》』という不妊のツボには、唾を余計に付けて艾を載せることにした。

「おはよう」

声を掛けて治郎兵衛が『薬師庵』に顔を出したのは、不妊に悩む女房と夜泣きの子の療治を終えてすぐのことだった。

小梅は、さっきまで待っていた老爺の療治に取り掛かっており、三和土に入った治郎兵衛と上がり口で応対しているお寅のやり取りに耳を傾けていた。

「仕事の途中通りかかったから、寄ってみたんだよ」

治郎兵衛が口にした仕事というのは、町小使のことである。

どこかに文か品物を届けに行くついでに立ち寄ったということだった。

「お寅さん、今日はどこかの灌仏会に出かけるのかい」

「療治のお客次第ですがね。この何年か、わざわざ灌仏会に行くことはありませんよ」

お寅が返事をすると、

「もしどこかの寺に寄れたら、わたしが甘茶を貰ってきますよ」

治郎兵衛からそんな言葉が飛び出した。

「そりゃ、ありがたい」

お寅は弾んだ声を発するとすぐ、

「ここんとこ、佐次さんの顔を見ませんが、忙しいのかねぇ」

と声を低めた。

「春の花見の時分から、あいつの仕事は大忙しですよ」

小梅には、治郎兵衛のいう大忙しのわけが分かっていた。

かつて、香具師の元締だった『鬼切屋』の身内だった何人かが再会して、今も旧交を温めているのだが、その面々の最年長者が治郎兵衛だった。

その弟分というのが、今は船宿『玉井屋』の船頭を務めている佐次である。

猪牙船も屋根船も操れる佐次の腕は確かで、陽気のよくなる晩春から夏、秋にかけては、花見や行楽、夕涼みの客たちを乗せて大川を上り下りするので、例年多忙を極めている。

この時季はおそらく、大川を下って竪川《たてかわ》に入った先の、葛飾四ツ木の木下川《きねがわ》薬師へと、牡丹見物の老若男女を船に乗せて、連日櫓《ろ》を漕いでいるに違いあるまい。

「それじゃ、甘茶が手に入ったら帰りに寄らせてもらいますよ」

そんな言葉を残して治郎兵衛が去るとすぐ、深川から使いの男がやって来たのだ。

駕籠《かご》屋の『駕籠政』の親方に頼まれて、出療治の依頼に来たというのだが、

「うちは大川を渡った先には出療治はしないことになってましてね。そりゃ、馴染みのお方のところにはうちの若い者を差し向けはしますが、初めてのお客さんはお断りしてるんでございますよ」

お寅が、普段は滅多に使わない丁寧な物言いをするのを聞いて、

「甚兵衛《じんべえ》さん、すいません。ほんの少しお待ちを」

小梅は薄縁に腹這っていた老爺の腰に上っ張りを掛けて断りを入れると、療治場の障子を開けて出て、三和土に立っている若い男の前に膝を揃えているお寅の横に

並んで座った。

「おっ母さん、深川にはわたしが行くよ」

「だけどお前」

男に断った手前、困ったようにお寅は顔をしかめた。

「ほら、先月、深川の『三春屋』さんから借りた蛇の目傘を返しに行かなきゃならないから、そのついでもあるんだよ」

そう言って、使いの男には出療治を引き受けると返事をしたのだった。

ところが、深川に出かける段になったら、あると思っていた蛇の目傘がどこにも見当たらないのだ。

提灯や『薬師庵』の傘が掛かっている三和土の板壁には、『三春屋』の蛇の目傘だけがなかった。

「あたしゃ、そんな傘見た覚えがないがね」

お寅からは冷ややかな声が上がった。

そんなはずはない――借りた覚えのある小梅が抗弁すると、お寅は、

「そうまで言うなら、拝み屋のお菅さんに頼んで〈失《う》せ物捜し〉をしてもらえばい

いじゃないか。当たるかどうかは知らないけどさ」

憎まれ口を叩いた。

すると、「あ」と声を発した小梅は、『三春屋』の蛇の目傘の行方に思い当たったのだ。

先月、雨のそぼ降る日、居酒屋『三春屋』から、残っていた一本の蛇の目傘を借りて、共に出た式伊十郎と途中まで相合傘で歩いたことを思い出した。

一ノ鳥居まで歩いたところで雨が上がったので、小梅は深川に住む伊十郎に傘の返却を託して別れたのだった。

だが、すでに『駕籠政』の使いには療治に出向くと返事をした後であり、小梅は早い昼餉を摂ってから、深川に向かっていたのである。

二

深川の出療治先は、加賀前田家の抱屋敷と隣り合った深川黒江町の、久中橋《ひさなか》近くということだった。

久中橋の南の袂近くに足を向けていた小梅は、間口四間（約七・二メートル）ほどの、戸の外された出入り口のある二階家の近くで足を止めた。

出入り口の柱に『駕籠政』と彫られた木の看板が掛かっていることから、療治の依頼先の駕籠屋に間違いなかった。

「ごめんなさいまし」

声を掛けて広い土間に足を踏み入れると、隅の方に一丁の空の四手駕籠が置いてある。板の間の帳場格子で帳面に筆を入れていた年の頃四十半《の》ばくらいの番頭らしき男が顔を上げ、端の方の上がり框に腰掛けて煙草を喫んでいた褌《ふんどし》と半纏《はんてん》姿の駕籠舁《か》き人足二人が、好奇の眼を小梅に向けた。

「灸の出療治を頼まれて参りました、日本橋高砂町の『薬師庵』ですが」

小梅が名乗ると、

「おぉ」

番頭と思しき男は意外そうな声を上げ、慌てて腰を上げて近づくと、

「ここから上がっておくれ」

小梅の眼の前の框を指さした。

道具箱を框に置いた小梅は、下駄を脱いで土間を上がった。

「こっちへ」

そう言って先に立った帳場に居た男の後に続いて廊下を奥へと進むと、角をひとつ曲がったところで、

「親方、頼んでいた灸師が来ましたが」

番頭と思しき男は膝を突いて、襖の中に声を掛けた。

「入んな」

襖の向こうからどすの利いた男の声がすると、番頭と思しき男は襖を開けて、〈入るように〉と小梅に手で示した。

「ごめんなさいまし」

小梅が声を出して入った部屋は、二方の障子が開け放たれ、鉤形《かぎ》に巡らされた縁の向こうに小さな庭が望めた。

部屋の隅には仏壇があり、その近くの縁で盆栽に鋏《はさみ》を入れていた浴衣姿の男が、ゆっくりと小梅へと首を回し、

「娘っこが来るとは、案外だったな」

野太いながらも、穏やかな声を出した。

「こっちが、親方の政五郎《まさごろう》です」

案内して来た番頭と思しき男が、浴衣の男を指し示して政五郎という名を告げた。

「番頭さん、おれが呼ぶまでは、誰もここによこさないでくれ」

「承知しました」

番頭さんと呼ばれた男は、政五郎に頭を下げると、仏間を出て行った。

「それじゃ、支度をしますので」

そう口にして辺りを見回した小梅は、

「使いの人に、灰が落ちてもいいように薄縁を用意しておくよう言っていたんですが」

「そのことは聞いていたんだがね、それはいらないんだよ」

縁側から部屋に入ってきた政五郎は、小梅の前に胡坐をかいた。

「だけど、艾の燃えカスが畳に落ちますが」

「灸は縁で据えてもらえないかね」

「しかし」

小梅が口ごもると、

「灸師さん」

「はい」

「今日、灸を頼んだのは、療治のためじゃないんだよ」

思いがけない政五郎の言葉に、

「え、あの」

小梅は返す言葉に詰まってしまった。

すると政五郎は、浴衣の左の袖を捲り上げると、肘の上にある二本の入れ墨を小梅に見せた。

「これは」

「お前さん、入れ墨を見たことがありなさるね」

政五郎に問いかけられた小梅は、黙って頷いた。

腕の入れ墨は、盗みなどの罪を犯して追放刑を受けた罪人に与えられる刑罰の印である。町人の多くは滅多に眼にするものではないが、幼馴染みの栄吉《えいきち》が目明かしの下っ引きを務めていたし、仕事柄、人の裸を眼にすることの多い小梅は、罪を犯した者の腕にある入れ墨を見たことが何度かあった。

「この墨は、若い時分の、言ってみりゃ古傷なんだが、これを消したいんだよ」

思い詰めた声を小梅に向けた政五郎は、

「そう思って、このところ、あれこれ考えていたんだ。火で焼き潰すとかね」

呟くように声に出すと、庭の方に顔を向けた。

消すことを考えていた政五郎は、首の凝りを取るために灸を据え続けていた駕籠舁き人足の一人が、肩と首のツボの辺りを黒く焼け焦げさせていることを知ったという。

焚火《たきび》の炎で腕を焼くより、灸を据え続けて入れ墨を消せる手があるのではないか——そう思いついたと打ち明けて、政五郎はもう一度、腕の入れ墨を小梅に見せる。

「これは、上方に居た若い時分、盗みを働いていた挙句の果てにお縄になった時の墨だよ」

「あぁ。それで、江戸の入れ墨と違うんですね」

「あんた、見分けがつくのかい」

「目明かしの知り合いがおりまして」

返事をした小梅は、以前、目明かしの矢之助《やのすけ》やその下っ引きをしている栄吉から、土地によって罪人の入れ墨の形が違うということを聞かされたことがあった。

江戸の入れ墨は、肘の下に三分（約九ミリ）の幅の筋を二筋、腕回りに入れる。

だが、政五郎の腕には肘の上に、幅は三分ほどだが、長さ四寸の入れ墨が二筋、縦長の短冊を横に二つ並べたように入っていた。

「江戸に来てから二十年近くになるが、その後、悪事は一切しちゃいないよ。ここで駕籠屋を始めて十年が経ち、近隣のみなさんともうまくやってる。永代寺門前町の料理屋、旅籠からも、仙台堀の方の武家屋敷などからも御贔屓に与《あずか》ってもいるんだ。だけども、この入れ墨だけは決して見せられねぇ。仕事も信用も無くすことになるからね。そりゃ、信用はされちゃいるが、墨は隠すしかないんだ。だが、隠し事をしてると、なんだか、周りを騙してるという思いがして、時々、きりきりと胸が痛むんだ。だから、いっそ焼き潰して、入れ墨なんかなかったことにしたいんだよ」

思いを吐き出した政五郎は、ゆっくりと小梅に眼を移し、

「どうかね」

静かに問いかけた。

思わず天井を見上げた小梅は、一息つくと、その眼を庭の方に向ける。

そこでまた、大きく息をつくと、

「お気持ちは分かりますが、わたしには入れ墨を消すことは出来ません」

落ち着いて返答した。

「わたしには、奉行所の同心や目明かしに知り合いがいます。もちろん、逃げているわけじゃありませんから、ここに入れ墨持ちがいるなどと訴え出るようなことはしません。でも親方、その入れ墨は、昔のことと言っても、悪事に手を出したっけですよ。お上が、罰として下された墨に違いありません。それを、帳消しにする手伝いなどわたしには出来やしません」

小梅は、自分でも不思議なくらい落ち着いて話し終えると、ゆっくりと頭を下げた。

しかし、政五郎からは反応がなかった。

小梅が、下げていた顔をゆっくりと上げると、庭の方に顔を向けた政五郎の横顔があった。

　あの――小梅が声を出そうとした時、

「そうだな」

　政五郎の口からそんな呟きが洩れると、やがて首を回して小梅に眼を向けた。

　すると、大きく息を吐いた政五郎は、

「あんたの言う通りだな。今、悔い改めたとは言え、昔の自分の罪を帳消しにしちゃいけねぇよなぁ。おれは、背負わなくちゃいけねぇんだな。帳消しにするかしないかは、周りの人の裁量にかかってることなんだよな」

　独り言のように口にすると、胡坐をかいていた足を動かして膝を揃え、そこに両手を置いた。

「わざわざ来てくれて済まなかったよ」

　軽く頭を下げた政五郎は、片手を突いて腰を上げると、近くの仏壇の引き出しを開けて何かを摘まみ、小梅の前に片膝を突いて座り、摘まんでいた一分銀（約二万五〇〇〇円）を差し出した。

「今日の療治代だよ」

「療治をしてないのに、お代はいただけません。それに、入れ墨のことを誰にも話すなということなら、心配なさらないでください」

「あんたを見れば、そんな心配はしやしないよ。これは足代だと思ってもらいたい。三途の川を渡るにも六文銭を払わなきゃならないのが世の決まりだ。日本橋から大川を渡って来てくれたからには、これが相応だと思ってね」

「それにしては多すぎます」

「いや。あんたは療治をしてないと言ったが、冗談じゃない。さっきおれに、熱いお灸を据えてくれたじゃねぇか。あれはずきんと効いたよ」

自分の胸を軽く叩いた政五郎が、小梅の手を取って一分銀を握らせた。

「では、遠慮なく頂戴します」

一分銀を袂に落とした小梅は、軽く頭を下げて腰を上げた。

すると、政五郎も立ち上がり、襖を開けてくれる。

道具箱を提げて一礼した小梅が廊下に出ると、

「あんたにはいつか、艾で灸を据えてもらいたいね」

そんな声を背中に受けた小梅は、

「はい。ぜひ」

振り返って返事をし、笑みを浮かべた。

三

『駕籠政』での用事が思いのほか早く終わった小梅は、一旦、永代橋に向かいかけた足を富ヶ岡八幡宮の方へと進めていた。

借りたままだと思っていた蛇の目傘を返すという用事は無くなったものの、深川に来たからには居酒屋『三春屋』に顔を出しておくことにしたのである。

大島川に架かる蓬萊橋を渡った小梅は、橋の袂にある『三春屋』の、開けっ放しになっていた戸口に顔を突き入れた。

「おや、いらっしゃい」

先に声を掛けたのは、入れ込みの板の間の框に腰掛けていた千賀である。

千賀の隣りには貞二郎が掛け、その隣りには式伊十郎も腰掛けて、湯吞を口に運びかけていたところであった。

「黒江町にちょっと用事があったものだから」

店の中に足を踏み入れながら、足を延ばした事情を告げると、

「貞二郎さんが永代寺から甘茶を貰ってきてくれたというので、お相伴に与ってまして」

伊十郎は、手にしていた湯呑を掲げて見せる。

「小梅ちゃんもどうだい」

「いただく」

貞二郎に返事をすると、小梅は千賀の隣りに腰を掛けた。

「はいよ」

竹筒の甘茶を注いだ貞二郎が、小梅の前に湯呑を差し出す。

「ありがとう」

受け取るとすぐ、甘茶を口に含み、

「一年ぶりの甘露だ」

と呟いた小梅は一気に飲み干した。

「まるで冷酒の一気飲みですな」

笑みを浮かべた伊十郎からからかいの声が飛んだところで、

「そうだ、式さん」

湯呑を置いた小梅が、伊十郎に体を向けた途端、

「いやなにも、嘲ったわけではなく」

と、伊十郎は怯えたように背筋を伸ばした。

「そのことじゃなく、先月ここで借りた蛇の目傘は、返していただけたのかどうかと」

「あ。あの蛇の目ならたしか、三、四日後にはお返ししたはずと」

伊十郎は、自信なげに千賀と貞二郎の様子を窺う。

「何を仰いますやら式さん。あの傘は、お貸しした翌日、代書屋に行く途中に届けていただきましたよ。ほら」

千賀は笑って、戸口の方を指さした。

そこの板壁の桟に、畳まれた提灯二張《ふたはり》と三本の蛇の目傘が下がっている。

「あぁ、よかった」

ほっとしたように笑うと、伊十郎は甘茶の残りを飲み干した。

「そうだ。ほかにも式さんに聞きたいことがありました」

「なにか」

「式さんがつい二年くらい前まで仕えていたのが南町奉行だった矢部定謙《やべさだのり》様なら、鳥居耀蔵のことにも詳しいのかなと思ったもので」

小梅が話を切り出すと、心なし伊十郎の顔つきが引き締まった。

「鳥居耀蔵のことというと」

「鳥居家の養子になる前の、林家にいた時分、屋敷に奉公していた下女を孕ませたらしいという噂話を耳にしたもんですから」

「二十年以上も前のことですなぁ」

思案するように天を向いた伊十郎は、胸の前で腕を組んだ。

「誰かがその時分の林家の様子を探ったらしいんだけど、はっきりとしたことは分からなかったらしくて」

小梅は、反応の芳しくない伊十郎の様子を見て、つい声を低めた。

「しかし小梅ちゃん、そんなことはお武家でも大店の奥向きでもよくあることで、珍しいことじゃあるめぇ。だってほら、若様とかお店の若旦那が奉公人に手を出すことは、昔も今も変わりはしないよぉ」

「そうだね」

千賀が、貞二郎の話に賛意を示すと、

「もし、鳥居耀蔵にそんなことがあったとしても、特段、奉行職を追われるほどの失態とは言えないからねぇ」

そう言葉を続けた。

「なるほどね」

小梅の声には張りが無かった。

やはりそうなのか――そんな思いに囚われたのだ。


「ただいま、帰ったよぉ」

道具箱を提げた小梅が、日本橋高砂町の『薬師庵』の戸を開けたのは、おおよそ八つ半（三時半頃）という頃おいである。

千賀に見送られて居酒屋『三春屋』を出るとすぐ、

「お千賀さん、この前はご馳走になりまして」

蓬萊橋の下を潜ろうとした猪牙船の船頭から声が掛かった。

「留《とめ》さん、これからどこへ行くんです？」

千賀が顔馴染みらしい船頭に声を掛けると、日本橋川の末広河岸に行くという返事があった。

「この子を末広河岸まで乗せて行ってくれないかねぇ」

千賀の頼みを船頭は快く引き受けてくれて、小梅は船に揺られて日本橋に帰り着いたのだった。

戸口を開けて入った小梅が、下駄を脱いで框に上がった時、

「あぁあ。客が立て続けにやって来て、疲れちまったよ」

障子の開いた療治場の中から、お寅の聞こえよがしな声がした。

「それはそれは、お疲れさまでしたねぇ」

そう言いながら療治場に入った小梅は、部屋の奥の隅に道具箱を置くと、裁着袴を脱いで着物姿になった。

縁側に立って薄縁を叩いて埃を取っていたお寅が、療治場に戻って膝を揃えると、小梅は袂から一分銀を摘まみ出し、板の間に音をさせて置いた。

「こりゃお前、一分じゃないか」

声を発したお寅が、ツツツと膝を進めて板に置かれた一分銀に顔を近づけた。

「どうしたんだい」

お寅に睨まれた小梅は、

「相手方に行ったら、療治を頼んでいた駕籠屋の親方に急用が出来て出かけることになったんだけど、せっかく来てくれた足代にとくれたのが、この一分銀なんだよ」

もっともらしい作り話を語った。

「しかし、世の中には足代に一分を弾む奇特なお人がいるんだねぇ」

一分銀を摘まんで自分の掌に載せると、お寅は眼を近づけて上から横から、しげしげと眺める。

「小梅ぇ、今夜はどこか、料理屋の座敷で美味いものを食べようじゃないか」

「料理屋っていうと」

「近くだと、葺屋町の万久、京橋の松田、ちょっと遠いが木挽《こびき》町の酔月。この時季なら、蛤、筍、木の芽田楽まで出るかもしれないよ」

「そんな料理屋のお座敷に上がったら、一分くらいじゃ収まらないよ」

「だったら、玉ひでの鳥だっ」

お寅がそう言い切った時、

「ごめんくださいまし」

戸口から、男の声がした。

「はぁい」

返事をした小梅が療治場を出て、履物に足を通して三和土に下り、戸を開けた。

すると、腰に大小の刀を差して立っていた袴姿の若い侍が、軽く頭を下げた。

「あなた様は」

見覚えのある侍に、小梅は思わず声を洩らす。

「それがし、木挽町築地の旗本、秋田家の家士、重本《しげもと》と申します」

「あぁ、やっぱり秋田家の。とにかく、中にお入りください」

促された重本は、三和土に足を踏み入れ、框に膝を揃えた小梅と向かい合った。

「さっそくですが、当家の綾姫様付の侍女、牧乃様は、療治を済ませて屋敷に戻られましたでしょうか」

　若い家士が口にした綾姫というのは、昨年の秋から小梅が出療治をしている、秋田家の次女である。いっときは気鬱気味だったのだが、何度か療治を続けたところ、その症状は大分和らいできていた。

「牧乃様が今日お出でになるとは、伺っておりませんが」

　そこまで口にして、

「おっ母さん」

　小梅が呼びかけると、すぐにお寅が出て来て、

「話は聞こえておりましたが、今日牧乃様がお出でになるとは、聞いてはおりません。初めて療治に見えたのが、先月の二十六日で、二回目が四月の三日。今日が八日ですから、そろそろお見えになる頃ではありますけどね」

　そんな話をしながら、小梅の横に並んで座った。

「牧乃様は、ここへ来ると言ってお屋敷を出られたのですか」

　小梅が尋ねると、

「はい」

　重本は迷うことなく頷いた。

「それじゃ、そろそろお出でになる時分じゃありませんかねぇ。うちは七つ半（六時頃）までやっておりますから」

お寅が微笑みかけたが、

「牧乃様が『薬師庵』に行くと申されてお屋敷を出られたのは、朝方の四つ（九時頃）だと聞いております。こちらで療治をされたのなら、とっくにお屋敷に戻られているはずなのです」

重本は硬い顔のままそう言うと、首を捻った。

「あれですよ。どこか、他所で用事を済ませた後、うちに見えるつもりなのかもしれませんよ」

お寅が気を回した言葉を吐くと、

「もしかしたら、入れ違いになっているかもしれませんので、わたしはお屋敷に戻ります」

そう言って一礼すると、秋田家の若き家士は急ぎ戸を開け、表へと飛び出して行った。

四

四月も半ばになると、表通りを行き交う人の数が日々増えているような気がする。特段用がなくても、夏の陽気を浴びに家から出て来る手合いがいるのかもしれない。その上、お店者や町中を担ぎで売り歩く者たちも、負けじと商いに励むのだ。

灌仏会が終わって五日が経った、四月十三日の日本橋高砂町界隈は、日の出と共に様々な物売りが、それぞれの売り声を響かせて通り過ぎて行く。

「甘い甘い、白菊甘酒でございい」

甘酒売りが通り過ぎたと思ったら、

「しゃっこーい、しゃっこい、しゃっこーい、しゃっこい」

と冷水売りが声を張り上げて近づいて来る。

そこへ、季節に関わりのない鋳掛屋《いかけや》が、

「えー、鋳掛けぃっ、えー、鋳掛けぃっ」

どすを利かせた愛想のない声を出してやって来ては、やがて遠ざかる。

『灸据所　薬師庵』近辺の夏は、物売りの声だけで時節を知ることが出来るのが嬉しいと、小梅とお寅はいつもしみじみと口に出しているくらいだ。

「ご隠居、年も年なんですから、若い衆に交じって神輿《みこし》を担ごうなんて土台無理なんですよぉ」

お寅が、共に見送りに出た小梅の横に立って、療治を終えて帰る隠居と孫に声を掛けた。

足を痛めた七十過ぎの隠居の片腕を抱えて動きを支えているのは、家業の海苔屋で手代を務めている二十ばかりの孫ということだった。

「二、三日したら、またお出でなさいよぉ」

お寅の声に、孫が丁寧に頭を下げて応えると、老爺の腕を抱えてゆるゆると大門通の方へ姿を消した。

「小伝馬町が近くったって、あの足なんだから、駕籠に乗って来ればいいのにねぇ」

小梅は、二人が見えなくなると同時に、首を傾げつつお寅に言った。

「あのご隠居は、昔っから、意地っぱりなとこがあるんだよ。だから、無理して、よけい体を痛めちまうんだ」

嘆かわしそうな物言いをして戸口の方に足を向けたお寅に続いて、小梅も向きを変えたその時、

「小梅殿」

背後から声が掛かり、小梅とお寅は開けた戸口の前で足を止めた。

「これは飛松様、ご療治ですか」

「いや、それが、その」

秋田家の用人を務めている飛松彦大夫は、急ぎ足で息が上がったものか躊躇があるのか、返事に窮した末に、

「ちと、話を聞きたいことがあってな」

声を低めると、大きく息を吐いた。

「ここじゃなんです。とにかく中に」

そう言うと、小梅は手で指し示して彦大夫を中に入れ、お寅に続いて三和土に足を踏み入れた。

三和土を上がった小梅とお寅は、彦大夫を居間に招き入れると長火鉢の前に腰を

下ろさせた。

「小梅、茶を頼むよ」

小梅に命じたお寅は、長火鉢をはさんで彦大夫の向かいに膝を揃える。

猫板の脇に腰を下ろした小梅は、茶の葉を土瓶の中に入れ、鉄瓶の載った火鉢の五徳に炭を足す。

「早速ながら、お尋ね申す」

「伺いましょう」

お寅は平然と返答をしたが、小梅は、珍しく改まった彦大夫の様子に、つい背筋を伸ばした。

「当家の侍女の牧乃は、まことこちらに療治に来ておったのかのぉ」

彦大夫は、お寅と小梅の顔色を窺うように、恐る恐る見比べる。

「牧乃様は確かに療治に見えました。そのことは、この前ここを訪ねて来られた重本様に母が申し上げた通りです」

「ただ、灌仏会の日は、とうとうお出でにはなりませんでしたけどね」

そう付け加えたお寅から眼を向けられた小梅は、彦大夫に頷いて見せた。

「その日牧乃は、『薬師庵』に療治に行くと称して屋敷を出たのだが、それは偽りであったのだ」

「そりゃそうでしょう。その日はお見えじゃありませんでしたからね」

お寅が笑み交じりで返答すると、

「ここへ行くというのは口実で、牧乃は端《はな》から偽りを申して屋敷を抜け出した節があるのだ」

彦大夫が、困惑と苛立ちの入り交じったような声を発した。

「それじゃ、牧乃様はその日どこへ――」

小梅は思わず彦大夫の方に首を伸ばした。

「どこへ行ったのか、いくら尋ねても、頑《かたく》なに口を閉ざしているのだ」

絞り出すような声を出した彦大夫は、天井を向いて小さく「はぁ」と息を洩らし、

「しかも、『薬師庵』に療治に行くと言って屋敷を出た二日とも、別の用事をしていたとも、われらの調べに対してそう申し述べたのだよ。にも拘わらず、別の用とは何かと問うても、それにも答えぬ」

小さく下唇を噛んだ彦大夫を見て、小梅とお寅は思わず顔を見合わせた。

「それで、ご家老はじめ、御家《おいえ》のご重役らと協議をした末、牧乃を雇い入れた時の請け人である、醬油問屋の隠居が住まう家で謹慎となったのじゃよ」

そこまで話した彦大夫は、「はぁ」とまたひとつ大きく息を吐いた。

「そのご隠居さんの家というのは、どこか辺鄙などこにあるんでしょうねぇ、荏原《えばら》とか亀戸とか」

「隠居所は、霊岸島新川《しんかわ》の富島町《とみしま》ではあるんだが」

彦大夫は、お寅の問いかけに気のない返事をした。

「なんだ。それなら近いじゃありませんか。ねぇ」

お寅は、相槌を求めるように小梅を向くと、

「小梅、お茶」

ゆらりと湯気を立ち昇らせている鉄瓶を、顎で指し示した。

「すぐに」

小梅は中腰になって袂で鉄瓶の把手《とって》を摑むと、土瓶に湯を注ぐ。

そしてすぐ、お盆に伏せられていた湯呑を三つ、上下ひっくり返して並べると、土瓶の茶を次々に湯呑に注いだ。

「どうぞ」

最初に彦大夫の前に湯呑を置くと、お寅と自分の前にも置いた。

「ですけど飛松様、請け人さんのところで謹慎ということは、牧乃様には江戸に親兄弟はおいでじゃないということなんですか」

湯呑を持った小梅が不審を口にすると、

「いや、そうではない。牧乃の生まれは中目黒町だよ」

そう答えた彦大夫は、牧乃の生家は行人坂下《ぎょうにんざかした》で、名物の筍飯を出す『肥前屋』という料理屋だとも語った。

牧乃の二親は何年も前に年を置いて他界したが、中目黒町の『肥前屋』は牧乃の兄と弟が引き継いで繁盛しているという。

「当初、牧乃には生家で謹慎をと申したのだが、仕事で多忙を極める身内の傍にいては迷惑だろうからと言うし、請け人の七右衛門《しちえもん》殿も心やすく引き受けると言ってくだされたのでな」

彦大夫は謹慎先が霊岸島になった経緯を淡々と語った。

そして、一口、茶を含んだ彦大夫は、

「牧乃が『肥前屋』の娘だったことから、侍女として秋田家への奉公が決まったような因縁があったのだよ」

思いを馳せるように小さく顔を上げると、遠くを見るような眼をした。

「春の筍、秋の紅葉の頃になると、江戸の文人墨客、武士町人は言うに及ばず、名物の筍飯を求め、紅葉を愛《め》でに目黒不動周辺へと押しかけたものだよ」

その例に洩れず、秋田家の先代当主、右京亮《うきょうのすけ》も時節になると目黒へと足を向けていたのだと、彦大夫が懐かしむように語り始めた。

右京亮は前々から、筍飯を食べるのも、紅葉見物の帰りに休息をするのも『肥前屋』と決めていたくらい気に入っていたという。

いつも右京亮に従っていた彦大夫が、『肥前屋』で初めて牧乃を見たのは、二十数年も前、右京亮が同行の彦大夫ら数名の家臣たちと、昼間、名物の筍飯を食べに行った時だったと、思い出を口にした。

『肥前屋』に娘がいることは聞いていたものの、牧乃やその兄弟が挨拶に来るということはなかった。

だがその年、客で賑わう『肥前屋』の中で、兄弟に交じって配膳などに奔走する牧乃に、右京亮が眼を留めたのである。

「何も、牧乃を側室になどという艶話ではないのだ。御先代様は、他の女中に交じって甲斐甲斐しく家業を手伝う娘の健気さ、客あしらいの見事さを気に入られたのだよ」

牧乃を気に入った右京亮は、跡継ぎである金之丞が娶《めと》っていた妻女の侍女にと望んだのだという。

『肥前屋』側から否やはなかったが、牧乃はしばらく踏ん切りがつかなかったらしい。だが、その年の初冬、秋田家への奉公を承知したというのが、彦大夫がいう『肥前屋』と秋田家の因縁だった。

「それじゃ、それ以来、牧乃様は嫁にも行かず、あのお屋敷に？」

小梅は軽く身を乗り出して尋ねた。

「金之丞様や奥方様などから、縁付いてはどうかというお勧めのお声は掛かったものの、間が悪いというか――奥方様は、小萩様、ご後嗣の縫之介《ぬいのすけ》様、綾姫様と立て続けにご懐妊なされ、牧乃は三人のお子たちの世話に掛かりきりとなって、縁談どころではなく、縁付くことなくとうとう今日まで」

しみじみと話し終えた彦大夫は、まるで詫びるように小さく頭を下げた。

「あれだね。長年、御家のために身を捧げてきたんだもの。お釈迦様がお生まれになった日ぐらい、気ままに過ごす時が欲しかったのかもしれませんよ」

灌仏会の四月八日、牧乃がお家に偽って屋敷を抜け出したことに、お寅が珍しく肩を持つ言葉を述べると、

「さようか。気ままになぁ」

彦大夫まで、しんみりと呟いた。

五

四月の風が通り過ぎる『薬師庵』の療治場は心地よい。

一年を通して日射しが直に部屋に入り込むことがないのだ。

だが、坪庭に射し込む日の光の照り返しがあり、暗くなることもない。

戸口に近い方に陣取ったお寅が、腹這った魚売りの常三《つねぞう》の膝裏にある『委中』に灸を据えており、小梅は奥の場に腹這ったお静《しず》の髪の生え際に灸を据えている。

針仕事をしているお静は、時には夜なべをすることもあり、眼の疲れと首や肩が凝ると言って灸を据えに来る。

眼の周りにあるツボ、『魚腰《ぎょよう》』『攢竹《さんちく》』は、灸よりも指で押す方がよく効くし、こめかみにある『太陽《たいよう》』は、棒灸の熱で温めるのがよい。眼の疲れが首や肩の凝りにも繋がるので、最後はいつも首にある『天柱《てんちゅう》』と『風池《ふうち》』に灸を据えてほぐしてやることにしている。

狭い部屋で二人に灸を据えると、寒い冬場などは、艾と線香の煙で煙たくなるものだが、障子を開けっ放しに出来る季節はありがたい。

強い風は困るが、まだそれほど熱くもない風が煙を運び出してくれ、涼やかにもしてくれる。

秋田家の用人、飛松彦大夫が侍女の牧乃の謹慎を知らせに来た日の昼下がりである。

「お静さん実はね、あたしの知り合いの武家屋敷の話なんだけどね」

さっきまで、お静と猿若町の芝居の話をしていたお寅が、いわくありげに声をひそめた。

その武家屋敷がどこか、素早く察知した小梅がお寅を見ると、

「そこがどことは言わないけどさ」

お寅は、小梅の眼を気にしたらしく、さらに声をひそめた。

そして、さる旗本のお屋敷に奉公する侍女が偽りの用事を告げて屋敷を出たと知れたのだが、その侍女は半日以上も屋敷を出たわけも行先も言わないので、とうとう謹慎させられたのだと、お静に語った。

「おっ母さん」

「あたしゃ、どこの誰とも言ってないからいいじゃないか」

お寅は、止めようとした小梅に向かって口を尖らせる。

「お寅さん、それでどうなったんですよ」

お静は、小梅の前に腹這ったまま、お寅をせかした。

「いえね、四十に近い年をした侍女が、お屋敷に嘘までついて行った先は、どこだろうと思ったってことさぁ」

お寅はそう言いながら、常三の『委中』に艾を載せて線香の火を点けた。

小梅は、牧乃の年が四十を超していることを知っていたが、口出しはしなかった。

「おれが思うに、上野東叡山に墓参に行くとか言って、同じお屋敷に勤める若侍と不忍池《しのばずのいけ》の畔《ほとり》の出合茶屋で落ち合って、あとはしっぽりとなんてね」

腹這った常三がそんなことを口にした途端、

「アツアツアツ、熱いよ、お寅さん」

常三は身をよじった。

「そんな年増が、いくらなんでも若侍となんてさぁ」

お静の口から異論が出ると、

「あれ。四十を過ぎたお静さんお寅さんに聞きますが、年増女は色恋はしねぇものかい」

「常っ、四十過ぎ四十過ぎと言いすぎだよ」

お寅が、常三の締め込みの尻をピシャリと手で叩いた。

「そう言えばさぁ、百年だか百十年だか前に、お城の大奥のなんとかっていう奥女中が、役者の生島《いくしま》なんとかに入れ込んで、度々お城を抜け出して逢瀬を重ねてたってことがあったらしいじゃないか」

「奥女中は処罰をうけて、信州の山奥に流されたはずだよ」

小梅は、お静が話した昔の出来事のことは、以前、市村座の戯作者から聞いた覚えがあった。

「ま、日頃男と知り合う折のないお屋敷勤めのお女中たちは、一度惚れると一途に突っ走るってことがあるから、お寅さんの知り合いの侍女さんも、浅草辺りで役者買いをしてたにちげぇねぇな」

常三が決めつけると、

「いや。もしかしたら、生き別れになっていた我が子に会いに行ったということもあるよ」

お静は異を唱えたが、小梅はそれに同意しかねる。

奉公中の牧乃が子を孕んだり、暇を取って屋敷の外で子を産んだりすれば、大事である。そんなことを、彦大夫をはじめ屋敷の者が知らないということは考えられない。

かといって、牧乃の外出のわけなど、小梅には思いも及ばないことだった。

『薬師庵』の療治場から見える坪庭に、雨が降っている。

縁側の庇《ひさし》が長く張り出しているので、縁が濡れる気遣いはない。

お静と常三に灸を据えた日の翌日の昼過ぎである。

朝から降り出した雨は、八つ（二時頃）を過ぎた今もやむ気配はなかった。

そのせいか、療治の客は朝から一人も姿を見せない。

遅い昼餉を摂ったあと、小梅はお寅に頼まれて、先刻から足に灸を据えてやっている。

このところ、時々膝が痛むというので、膝の上にあるツボの『血海《けっかい》』や『梁丘《りょうきゅう》』、膝の左右にある『膝眼《しつがん》』へと進み、膝下にある両足の『三里《さんり》』に据え終えたばかりである。

「最後は、腹這いになっておくれ」

艾を丸めながら声に出すと、お寅は「よっこらしょ」と口にしながら、薄縁に腹這いになった。

小梅はすぐにお寅の着物の裾を膝の上まで捲り上げ、艾を両足の膝裏に置く。

線香立てから線香を摘まむと、その火を膝裏の艾に点ける。

艾はすぐに燃え広がり、ほんの少しの間で燃え尽きた。

「ごめんくださいまし」

家の戸口の方から、雨音に交じって女の声がした。

「はぁい」

声を張り上げた小梅は腰を上げ、療治場を出る。

戸口の腰高障子に、傘を広げている人影が映っており、小梅は下駄に指を通して三和土に下りると、障子戸を引き開けた。

「これは」

小梅は、声にならない声を上げた。

開いた蛇の目傘の下には、雨避けの道行《みちゆき》を羽織った牧乃の顔があった。

六

竈《かまど》の釜から冷めた麦湯を土瓶に注いだ小梅は、台所の土間を上がって居間に入る。

火の気のない長火鉢を間に、お寅と牧乃が向かい合っていて、小梅は猫板近くに膝を揃えると、二つの湯呑に麦湯を注ぐ。

「冷めた麦湯ですけど」

牧乃の手の届く火鉢の縁に湯呑を置いた小梅は、お寅の近くにも湯呑を置いた。

「もうお構いなく」

道行を脱いでいた牧乃は小梅に向かって小さく頭を下げると、

「『薬師庵』さんには、わたしのことでご迷惑をかけたのではと、お詫びに参りました」

「お詫びなんて、そんなぁ」

右手を大きく左右に打ち振ったお寅から、「ねぇ」と眼を向けられた小梅は、

「そうですよ。それに、こんな雨の中、わざわざお出でにならなくったって」

と、調子を合わせた。

「霊岸島からは、ここまで駕籠でお出でですか」

「いえ。歩いて参りました」

小梅の問いかけに答えた牧乃は、

「霊岸島にいることを、どうして」

訝るように、小梅とお寅に眼を向けた。

「昨日の昼前、飛松様がここに見えまして、謹慎のことは伺いました」

小梅が打ち明けると、牧乃は得心が行ったように、うんうんと小さく頷いた。

「ですけど、牧乃様。『薬師庵』に迷惑をかけたなんて仰いましたが、うちはどうってことはありませんから、お気になさらないでくださいまし」

お寅と同じ思いの小梅は、牧乃に向かって頷いた。

「でも、灌仏会の日、屋敷を出る口実にこちらの名を出しましたから」

「気にしないでいいんですよ」

小梅が即答すると、

「とにかく、麦湯でも」

お寅が湯呑を手で指した。

牧乃は軽く頭を下げ、湯呑を手にした。

それを見てお寅も湯呑を持つ。

牧乃が音も立てずに麦湯を口にすると、お寅は軽くズズッと音を立てて飲んだ。

坪庭に降る雨が、八つ手の葉に当たって軽やかな音を立てている。

湯呑を火鉢の縁に戻した牧乃が、

「飛松様はなんと仰っておいででしたでしょう。八日の日の行先を言わなかったわたしのことを――」

膝の上に重ねた自分の手に眼を落とすと、静かに問いかけた。

「頑なに行先を言わないのは、なにゆえだろうなんて、困り切っておいででした」

小梅が、幾分遠慮がちな物言いをすると、

「それに、ほら、牧乃様のお生まれは、筍飯で名高い目黒の料理屋だそうで、前々から秋田家の殿様の行きつけだとかなんとか。そんなご縁で、御奉公が決まったなどと。ね」

お寅に話を振られて、小梅は小さく頷いたが、

「ですけど、そのことが今度のことに関わっているってわけじゃありませんでしょう?」

そう口にしたお寅は、ハハハと声を出して笑った。

「おっ母さん、何がどう関わってるっていうんだい」

「だから、そんなわけじゃないでしょうと申し上げたじゃないか」

お寅は、物言いを窘《たしな》めた小梅に口を尖らせて反発した。

「そのことが、関わっているんですよ」

穏やかな声を出した牧乃に、小梅とお寅は言葉もなく顔を見合わせた。

「まさか、嫌がっているのに、無理やり秋田家に奉公に行かされたとか」

お寅が、恐る恐る声を出すと、

「そんなことはありませんでしたけど、わたしが渋っていたので、先代のお殿様やご家老様が、父や母にかなりしつこくお頼みになったのです。それで、父や母も、勧めましたけど、わたしは断り続けました」

「それはまたどうして――」

さりげなく身を乗り出したお寅が、好奇心を抑えきれない様子で問いかけた。

「その時分、十七になっていたわたしは、家からほど近い永峰《ながみね》町にある粉屋の次男の斎次郎《さいじろう》さんと、密かに夫婦《めおと》約束をした恋仲になってましてね」

「あ」

小さく声を出した小梅は、すぐに息を呑んだ。

「もし、秋田家に奉公に上がれば、斎次郎さんと気ままに会うことなど出来なくなる。そうしたら、二人の間がどうなるのか――そのことばかりが心配になって、断り続けていたんです」

　ところが、秋田家から屋敷奉公の話が持ち上がって半年ばかり経ったその年の晩秋、粉屋の次男の斎次郎は、神田の小間物屋の婿になることが決まったのだと牧乃が打ち明けた。

　詳細は聞かされなかったが、斎次郎の親たちも断れない事情があったらしいということが、後日、牧乃の耳に入った。

　斎次郎との夫婦約束に望みを絶たれたと知って自棄になった牧乃は、その年の冬の初め、秋田家への奉公を承知した。

「その時はもう、まるで尼寺へでも行くような心持ちでしたよ」

　深刻な話をしていた牧乃はそう言って、ふと小さな笑みを浮かべた。

　秋田家の屋敷では、牧乃は、跡継ぎである金之丞の奥方の侍女として務めた。

　その三年後、当主の右京亮が病で没すると、金之丞が新たな当主となり、それに伴い奥方の務めも広がり、ひいては牧乃の務めも多忙になった。

　牧乃の多忙はその後もやむことはなく、金之丞が当主になる前に生まれていた長女の小萩の世話、その後誕生した後嗣の縫之介、次女である綾姫の誕生と続き、守役としての奮闘に明け暮れたという。

「お店の奉公人なら、年に二度の藪入りには親の家に戻ったり、芝居を見に行ったりは出来ますが、わたしはほとんど目黒には戻りませんでした。その代わり、奥方様やお子たちの墓参のお供をしたり、花の名所に出かけたり、夏には築地から納涼船を仕立てて夜の大川を遡りもしましたから、尼寺に入る気になったことなんか、いつの間にかすっかり忘れて、あっという間に二十六年が経ってしまいましたよ」

そこまで話をした牧乃が、苦笑いのような笑みを浮かべて湯呑を手にした。

「といいますと、牧乃様はいま、おいくつに」

「おっ母さん」

小梅がお寅の好奇心に駄目を出した。

「四十三、いえ、年が改まりましたから、四十四ですよ」

嫌な顔もせず、牧乃はお寅に返事をした。

「お若いっ。あたしのたった三つ下というのに、その肌艶といい、四十前と言っても通りますですよ」

お寅が真剣な顔で述べると、牧乃は笑顔で湯呑の麦湯を口に含んだ。

七

〜うぐいす豆にうずら豆、お多福豆にぶどう豆、はりはり沢庵赤生姜、なんでも美味しい煮豆屋でございィ〜

表の通りから『薬師庵』の居間に煮豆売りの売り声が届き、その声がゆっくりと遠ざかっていく。

牧乃とお寅の湯呑に土瓶の麦湯を注ぎ足し終えた小梅が、

「物売りが歩いてるようだね」

独り言を口にすると腰を上げ、障子を開けて坪庭の縁に立った。

「いつの間にか雨が上がってるよ」

小梅が呟きを洩らすと、

「日は出そうかい」

お寅から問われた小梅は空を見上げたが、灰色の雲は厚い。

「日が顔を出す様子はないね」

縁側の障子を閉めた小梅は、そう言いながら火鉢の傍に来て元の場所に膝を揃えた。

「それで牧乃様、その後、その粉屋のご次男とお会いになったんでございますか」

お寅が、露骨な好奇心を努めて押し隠してさりげなく問いかけた。

「屋敷を出る折の少ないお勤めだもの、会うなんてこと、滅多にあることじゃないよ」

そう言い切った小梅が、取り出していた自分の湯呑にも麦湯を注ぐ。

「それが、会ってしまいましてね」

牧乃が静かな口ぶりで告げると、小梅とお寅が眼を丸くした。

「会ったといいますか、見かけてしまったのですよ」

それは、今年の二月のことだったと牧乃は続けた。

秋田家の当主、金之丞の奥方の実家で法事があり、縫之介と綾姫共々、湯島の寺に詣でたという。

その帰り、奥方、縫之介、綾姫の乗り物に付いて、牧乃は彦大夫らと徒《かち》で木挽町を目指していた。

「日本橋への表通りを神田須田町に差し掛かった時でした、小間物屋らしい間口の広いお店から、母とその娘らしい二人連れを見送りに出て来た、店の主らしい四十をいくらか超している男を見たのです」

「それが、その――？」

お寅が身を乗り出すと、

「その顔には、永峰町の斎次郎さんの面影がありました」

牧乃は、高ぶることなく淡々と述べると、小間物屋の看板には『黒松屋』とあるのを記憶に留めたという。

そして後日、かつて実家の『肥前屋』で女中をしていた五十を過ぎた女が、芝口橋近くで所帯を持っているのを思い出し、牧乃は密かに『黒松屋』の家の様子を調べてくれるように頼んだのだった。

その結果は、調べを頼んで三日後、秋田家を訪ねて来た元女中から聞くことが出来た。

『黒松屋』の主は確かに斎次郎といい、目黒の粉屋から婿養子になった男であることが分かった。

だが、『黒松屋』の家付きの娘である斎次郎の女房は五年前に病死していた。

当時、十四の跡継ぎ息子と十二の娘がいたにも拘わらず、斎次郎は後妻を迎えることもなく、住込みの女中らの世話で二人の子を育てながら店を切り盛りして、今に至っていることを牧乃は知った。

「先月の初め頃、奥方様のご用で日本橋の呉服屋に行ったついでに、須田町に足を延ばしたのです」

牧乃がそう口にすると、小梅はすぐに頷いた。

「ですが、通りに立って店の中を窺うわけにもいかず、道の向かい側に暖簾《のれん》を下げている菓子屋に入って茶を所望した後、入れ込みの土間に置かれた床几《しょうぎ》に腰掛けて、格子窓越しに『黒松屋』の店の様子を見ていました」

「それで、何かお分かりになりましたんで？」

お寅にしては珍しく、しおらしい口調で問いかけた。

「菓子屋の老婆の話によると、『黒松屋』の主は、周りから後添いを勧められても、いつも笑って応じなかったそうです。客あしらいもよく、近所付き合いも良い評判で、あの辺りの者たちの人望も厚いそうです」

「そりゃ何よりじゃありませんか」

力強い言葉を発したお寅が、自分の膝をぴしゃりと叩いた。

すると、小さく笑みを浮かべた牧乃が「でも」と呟きを洩らし、

「店の中を動き回り、客を見送る斎次郎さんの様子に、なんだか〈老い〉のようなものを見てしまって――そりゃ、二十五、六年ぶりに見たから、当たり前のことなのかもしれません。向こうがわたしを見ても、おそらくそう思うでしょうし」

軽く俯くと、牧乃は膝に置いた手の甲を、もうひとつの掌でゆっくり何度も撫でながら、

「その時なぜだか、傍にいて何か手助けしてやれることはないのかという気持ちがふっと沸き起こったんですよ。いえ何も、所帯を持ちたいということではなく、『黒松屋』の女中になってでもいいから、家のこと、身の回りの世話などをしてやりたいものだと」

牧乃の静かな独白には、じっと耳を傾けるしかなかった。

それはお寅も同じ思いらしく、口を差し挟むことはなかった。

「そういう思いが膨らむと、なかなか止められずに――『薬師庵』の療治をと決め

たのも『黒松屋』の近くに行って、斎次郎さんの様子を見るための口実にしたのです」

牧乃は白状すると、口実にした詫びのつもりなのか、小さく頭を下げた。

牧乃の詫びには、小梅とお寅も軽く叩頭《こうとう》して応えた。

「初めて『薬師庵』に来た三月の末も、療治の後、『黒松屋』の向かいの菓子屋に入りました。菓子を頂きながら様子を見ていると、羽織袴という出で立ちのお店の主らしい男衆二人を、斎次郎さんが、倅と娘らしい二人と並んで見送る姿がありました。菓子屋の老婆によれば、『黒松屋』の主がとうとう後添えを取る運びになったということでした。親戚の者たちや心配していた町役人たちの勧めから、ついに逃げられなくなったらしいのです。

四月に入り、二度目にこちらに来た時も須田町に寄りましたが、その時は『本日は休みます』という紙が貼ってありました。その次が、四月の八日でした。灌仏会のあの日、『薬師庵』に療治に行くと言って屋敷を出たものの、こちらには寄らず、真っ直ぐ須田町に向かったのです」

牧乃は、その日も菓子屋の中から、格子窓越しに『黒松屋』の様子を窺ったと話を続けた。

　しかしその日、店の中に斎次郎の姿はなく、表にも出て来ないので、牧乃は腰を上げて菓子屋を出ようとした。

　ちょうどその時、茶人や絵師が被るような帽子を被った居士衣《こじえ》の老人が、弟子のような供に風呂敷包みを持たせて『黒松屋』から出て来ると、斎次郎も追って出て来て頭を下げた。

　その直後、遅れて出て来た三十半ばほどの島田髷《まげ》の女が斎次郎と並ぶと、供を従えて帰って行く老人に、

「お気をつけてお帰りください」

　愛想のいい明るい声を掛けて深々と頭を下げて見送る様が、牧乃の眼の前で繰り広げられたのだった。

「いいお日和で」

　通りかかった町内の火消し人足から斎次郎と並んで立つ三十女に声が掛かると、

「『よ』組の若い衆、今度うちの前を通りかかったら、遠慮なく茶を飲んでお行きよっ」

斎次郎と並んだ三十女から、気っ風のいい声が飛び出した。

するとと、

「今、火消しの若い衆に茶を誘ったのが、『黒松屋』さんの後添えなんですよ」

店の暖簾の内から通りを見ていた牧乃は、菓子屋の老婆からそう教えられたと打ち明けて、小さく笑みを浮かべた。

なんと言っていいか分からず、戸惑った小梅は牧乃から眼を逸らした。

すると、おろおろと眼を泳がせていたお寅と眼が合ってしまい、つい湯呑に手を伸ばした。

「小梅さん、わたしね」

「はい」

すぐに返事をした小梅は、慌てて湯呑を火鉢に置く。

「斎次郎さんの傍にはいい人が来たんだなぁって、なぜかわたし、ほっとしてしまったんですよ」

小梅は、そんな思いを洩らした牧乃の真意を測りかねている。

「がっかりするのかと思ったら、あの時、わたし、あぁよかったって、しみじみそう思ったんです。斎次郎さんの余生が寂しいものにならなくて済む。そう思ったら、なんだか母親みたいな心持ちになってしまって——笑ってしまうわね」

そう言うと、牧乃はふふふと小さな笑い声を洩らした。

小梅は返す言葉も見つからず、黙り込んだ。

お寅も困った様子で、火鉢の灰を火箸で撫でつけている。

「つい長居をしてしまって」

そう言うと、牧乃はゆっくりと腰を上げる。

「それじゃ、お見送りを」

お寅が火鉢に手を突いて腰を上げると、すぐに小梅も腰を上げて居間を出た。

「また降り出すと困りますから」

そう言って、出入り口の框に立った牧乃が道行を着込む間に、小梅は三和土に下り、牧乃の下駄を揃え、隅に立てかけていた蛇の目傘を手にして、待った。

道行を着た牧乃が三和土に下りると、すぐにお寅も三和土に下り、腰高障子を開ける。

「あ。薄日が射してますよ」

そう言うと、お寅が先に立って外に出、牧乃の後に続いた小梅が、

「傘を」

声を掛けて牧乃の手に持たせる。

「今日はとんだお邪魔をしてしまい、申し訳もありません」

牧乃は、並んで立つ小梅とお寅に体を向けて声を掛けた。

「とんでもないことです」

お寅は大仰に片手を打ち振る。

「わたしは、近々、秋田家からはお暇をいただくつもりでおります」

牧乃から思いがけない言葉が飛び出して、小梅は返す言葉がなくうろたえた。

だが、牧乃は、

「わたしももう、四十四ですもの。ご奉公の引き際のような気がするのですよ」

静かに笑みを湛《たた》えて小さく会釈をすると、ゆっくりと踵を返して、浜町堀の方へと歩み去った。

八

　坪庭に植わった八つ手の葉から、小さな水滴が落ちた。

　庭の縁に座り込んで、坪庭の植栽をぼんやりと眺めている小梅の傍では、お寅が煙草を吹かしている。

「そろそろ、夕餉の仕度をしないとさぁ」

「おっ母さんは、なにが食べたいんだい」

「あれこれ贅沢は言わないよぉ。料理人から出されたものをありがたくいただくだけだよ」

「いつも、そう願いたいもんだ」

　小梅が当てこすりを口にすると、お寅は煙草盆の灰吹きに煙管をぶつけ、灰を落とす。

「だけど、本当だろうか。さっき牧乃様が、斎次郎さんに対して、母親みたいな心持ちになったって言ったこと」

小梅は、明るさの増した雲を見上げて呟いた。

「最後にはそんな思いになったのかもしれないが、恋仲だった男と久しぶりに会ってからってものは、消したはずの女心に火が点いたはずだよ。点いただけじゃなく、きっと、燃え盛っていたはずさぁ。そういうもんだよ」

お寅が言っていることは、小梅にもなんとなく分かった。

大事な奉公先に偽ってまで屋敷を出たのは、そういうことなのだ。

「ずっと前に火は消したと思っていただけで、胸のどこかに火種は残っていたってことだよ。その火種にもう一回息を吹きかけて、ほんの束の間、燃やしたんだねぇ」

お寅がしんみりと口にした。

「燃やし続けて、斎次郎さんのところに押しかければよかったのに」

「そんなこと出来りゃ苦労はしないさ。そうやって、自分で点けた火を自分で消したから、踏ん切りがついたのさ。それが己の分だってことを知ってるんだよ、あの人はさ」

そこで小さくため息をついたお寅は、煙管に煙草の葉を詰め始めた。

〜鰯《いわし》ぃ、鰯っ、真鰯十尾が二十五文、うるめ鰯は八文だよっ〜

表から、いつもの鰯売りとは違う声が届いた。

「おっ母さん、鰯を焼こうか」

「うん。いいよ」

お寅の返事を聞いた小梅は、急ぎ立ち上がると、

「鰯屋さん！」

声を張り上げて出入り口へと駆け出した。


木挽町の西を流れる三十間堀に架かる三原橋を渡った小梅は、采女《うねめ》ヶ《が》原《はら》の馬場に差し掛かっていた。

『薬師庵』に牧乃がやって来て、昔語りをした日から五日が経った昼過ぎである。

このところは晴天続きで、外を歩けば顔に汗が滴るくらいの暑さを覚悟しなければならない。

この先、灸の道具箱を抱えての出療治が思い遣られる。

昼前の療治を『薬師庵』で済ませた小梅は、昼過ぎに京橋近くの蛤新道に出療治

に出ていた。

一年半ほど前の大火事で死んだ小梅の父とは古い馴染みだった市村座の座付き戯作者、川並海助《かわなみうみすけ》の療治を終えて、木挽町築地にある旗本、秋田家の屋敷に向かっていたのである。

昨日、秋田家から使いが来て、「明日辺り、綾姫の療治にお出で願いたい」との依頼があり、蛤新道の療治の後に屋敷に向かうと返事をしていたのだった。

築地川に面した秋田家の屋敷の式台に立った小梅は、『薬師庵』から来た旨、声を上げた。

少し待っていると、奥の方から現れたのは用人の飛松彦大夫だった。

「案内するゆえ、上がられよ」

促されるまま式台に上がり、先に立った彦大夫について廊下を進む。

「綾姫様には、お変わりはありませんか」

四角い中庭を囲むような回廊に来た時、小梅が尋ねると、

「うむ。お元気なこと、この上ない」

彦大夫は迷いもなく言い切った。

「それで、侍女の牧乃様はその後、どうしておいでてございますか」

小梅が問いかけると、彦大夫の足がゆっくりと止まった。

そして、庭の方を向くと、

「牧乃は、三日前、ご家老に暇乞いを申し出た」

彦大夫は空を見上げて、そう言い切った。

やはりそうか――胸の内で声を上げた小梅は、小さく息を吐いた。

「だが、そのことを耳になされた綾姫様が、牧乃を呼びつけて、それはならぬと叱責なされたのだ」

彦大夫から、思いがけない話が飛び出した。

綾姫の強い言葉には、牧乃も返す言葉がなく、ただただ瞠目していたという。

そんな牧乃をじっと見つめていた綾姫の眼に、涙が溜まり、零《こぼ》れ落ちるのを彦大夫は見たと洩らした。

するとその直後、

「牧乃が屋敷を去るというなら、わたしは禿頭になるが、それでもよいのかっ！」

涙の顔を、まるで鬼のような形相にした綾姫が、牧乃に向かって激しい言葉を浴びせたという。

「あのように激しく、胸の内を表に出された綾姫様を見たのは、初めてのことであったよ」

彦大夫は、しみじみと小梅に語った。

綾姫の言葉を聞くと、牧乃も大粒の涙を零して両手を突き、

「わたしは、死ぬまで姫様のおそばで奉公させていただきます」

と、声を震わせて思いを述べたという。

「よかった」

小梅が安堵の声を洩らすと、彦大夫は小さく、

「うん」

と声を出して、

「しかしながら、四月八日の灌仏会の日、『薬師庵』に行くと言って屋敷を出た牧乃が、いったいどこへ行ったのか、それは一切打ち明けぬのだ」

と、ため息をついた。

「彦大夫様は、そのことを突き止めるおつもりですか」

小梅が問いかけると、ほんの少し思案した彦大夫が、

「いや。それはもう、どうでもよいことだ」

そう口にすると、小さくふっと笑みを見せた。

その彦大夫を見て、小梅は大きく頷いた。

第四話　もつれる白糸

一

夏が進むにつれて、暑さしのぎの物を売り歩く担ぎ商いの者たちが、表通りは無論のこと、小路の奥深くまで入り込んで売り声を張り上げる。

日射しを遮る簾《すだれ》売りから、暑さを紛らわす風鈴売りや冷水売りに至るまで、家の中にそんな連中の売り声が響き渡る。

あと四日もすれば五月という四月下旬である。

大門通という大きな表通りから奥まったところにある『灸据所　薬師庵』の中は、今は担ぎ商いの売り声はあまり届かず、静まり返っている。

　頭上から照り付ける灼熱の日射しを避けようと、物売りの連中はどこかで涼んでいるのかもしれない。

『薬師庵』の四畳半の療治場は、坪庭に射し込む光の照り返しが当たって、やけに明るい。

　障子を開けっ放しにした敷居の近くに座り込んだ小梅が、道具箱の備品の取り換えをしていた。

『薬師庵』で療治をする時は自分の傍に置き、頼まれて出療治に行く時も手に提げて出かける大事な商売道具だった。

　三段の引き出しには、艾をはじめ、艾に火を点ける線香、燧石《ひうちいし》、療治中に線香を立てるための香立て、落ちた艾の燃えカスを掃き取る刷毛、客の着物に燃えカスがつかないようにする手拭いも数枚備えることにしている。

　チリンと、すぐ近くで風鈴の鳴る音がした。

　出療治の帰りに小梅が買い求めた風鈴の付いた釣忍《つりしのぶ》を、二日前、坪庭の軒端に下げたばかりだった。

　備品を取り換えて、引き出しを道具箱に差し込み終えた時、

「おさださん、今度は、痛む前にお出でなさいよ」

家の出入り口の方から、お寅の声がした。

腰を上げた小梅が障子の隙間から顔を出すと、三和土に下りた紙屋のご隠居を、上がり框に立ったお寅が見送ろうとしているところだった。

「おさださん、帰り、気を付けてね」

小梅が声を掛けると、

「あぁ、ありがとう。今度堀江町を通りかかる時は寄っておいきよ。うちの井戸水は冷たくてうまいって評判だからね」

おさだは、紙屋のある町の名を口にして障子戸を開け、

「それじゃ」

と、板裏草履の音をさせて表へと出て行った。

戸を閉めようと、お寅が三和土に下りるとすぐ、

「おさださん、お久しぶりでしたねぇ」

表から、聞きなれたお菅の甲高い声がした。

「あんたは何事ですよ」

「昼前、拝みを頼まれて行った先で、体を大きく動かして御幣を振り回していたら、腰を捻ったらしくて」

おさだに返答するお菅の声は、息も絶え絶えのようである。

「今なら、お寅さんも小梅ちゃんの手も空いてるようだから、灸をちゃんと据えてもらうといいよ」

「はいよ」

お菅はおさだに明るく返事をすると、障子戸を勢いよく開けて三和土に姿を現し、

「なんだ、ここにいたのかい」

三和土に立っていたお寅に眼を向けると、療治場の前に立っていた小梅にも顔を向けた。

「ま、お上がりなさいよ」

お寅に促されると、お菅は腰の辺りを片手で押さえながら、框に上がった。

「腰のことはおさださんとのやり取りで様子は分かったから、とにかく療治場にお入りよ」

「そうだね」

お菅はそう返答すると壁に手を突いて腰を庇《かば》いつつ、お寅に続いて療治場へと入って行った。

「ごゆっくり」

療治場に声を掛けた小梅が居間に向かいかけた時、障子戸の開く音がして、人影が三和土に入り込んだ。

「あ、居ましたね」

笑みを浮かべたのは、『雷避けのお札売り』の装りをした弥助だった。

「仕事は済ましたのかい」

弥助は、問いかけた小梅に半歩ほど近づくと、声をひそめて告げた。

「小梅さんに早く知らせたいことがありまして」

「なんだい」

小梅まで声を低めた。

「この間から、暇を見つけては針売りのお園の動きを追いかけていたんですがね」

弥助の話に、小梅は「うん」という代わりに、小さく頷く。

「そしたら、小三郎と会う時の合図にしている白い糸の役割ってもんが、なんとなく見えて来たもんですから」

さらに声を低めた弥助が、小さく笑みを浮かべた。

「お前さん、この後もお札売りに行くのかい」

「いいえ、今日はもう難波町裏河岸に帰って、湯屋で汗を流すだけです」

「だったら、そこで白湯《さゆ》でも飲みながら糸の話を聞きたいね」

小梅が障子の開かれた居間を指さすと、弥助は大きく頷いた。

二

弥助を家の中に招き入れると、

「背中の太鼓は、上がり口に置いていて構わないよ」

小梅はそう言って、三和土を上がった。

弥助は、赤子をおんぶするように太鼓の付いた竹の輪を背負っていて、胸の前で太めの紐を結んでいた。

「太鼓を取ったら、上がっておくれ」

そう言うと、小梅は居間を突っ切って台所に行き、竈に載っていた湯釜から冷めた白湯を汲んで土瓶に注ぐ。

「お邪魔します」

弥助の声が台所に届き、小梅は土瓶を提げて六畳の居間へと引き返した。

長火鉢の前には、竹の輪を外した弥助が膝を揃えており、小梅はその向かいに陣取ると、白湯を注いだ湯呑を弥助の前に置き、続いて自分の前にも置いた。

「お飲みよ」

「いただきます」

弥助は湯呑を取って、口を付ける。

長火鉢のある居間は、夜はお寅の寝間になるのだが、昼間は『薬師庵』に来た客が療治を待ったり、療治を終えた後、茶を飲んだりしてくつろぐ場にもなっている。

お寅は、療治に来たお菅とほんの少し前に療治場に入ったばかりだから、あと四半刻（約三十分）は出て来ることはない。

小梅も一口白湯を飲むと、

「白湯を飲みながらでいいから、お園さんと小三郎の合図の要領っていうのを聞かせてもらおうか」

静かに口を開いた。

するとほんの少し火鉢の方に膝を進めた弥助が、

「上野東叡山山王社には、通りかかった時は必ず寄ることにしてたんですがね、一番南側の、例の、決まった藤の木の小枝には、合図をする時は、いつも昼の九つ（正午頃）までには白い糸が巻かれて、翌日の九つまでの間に、その糸は切り取られるようです」

小声ながらも、聞き取りやすく話すと、

「白い糸の小枝への巻き方次第で、落ち合う場所が決まるんですよ」

とも付け加えた。

「糸の巻き方っていうと」

「小枝を一回巻くのか、二回、三回と巻くのかってことです」

弥助は、自分の左腕を枝に見立てると、右の拳で左腕の周囲を一回しして見せた。

「枝に一重で巻いた時は、翌日の六つ（七時頃）、上野広小路近くの六阿弥陀《ろくあみだ》横町の『みろく』という居酒屋で落ち合いましたよ」

二重に巻いた時は、やはり翌日、浅草田原町の蛇骨長屋にあるお園の家に入ったが、特段、訪れる刻限は決まっていないようだと弥助は言う。

さらに、三重に巻いた時は、やはり翌日の八つ（午後二時頃）の時分に、上野不忍池、弁天堂近くの出合茶屋『白露』に、お園が入って行った。だが、小三郎がいつ入って、いつ出たのか、その姿を確認することは出来なかったと、弥助は悔やんだ。

「それに、毎日山王社の藤の木を見に行ってたわけじゃねぇんで、お園が何度小三郎と逢引きをしていたかまでは分かりません」

そう述べた弥助は、自分が山王社に行って白い糸を見つけた翌日は、必ずお園の行先を確かめたが、それは四度しかなかったという。

一重に巻かれた白い糸を二度見かけたが、その翌日は二度とも、お園は六阿弥陀横町の居酒屋『みろく』に入って行ったから、会う場所を決める糸の合図は、先刻話した通り、不忍池の出合茶屋と浅草蛇骨長屋と『みろく』の三通りだろうとも告げた。

「それで、小三郎を見かけたことは？」

小梅が、気になっていたことを尋ねると、弥助は小さく首を横に振り、

「お園の家近くに行っても出合茶屋の表で待った時も、居酒屋を見張った時も、小三郎が出て行く姿は一度も見かけてねぇんですよ。あの野郎、遠くから様子を窺ってて、お園をつける者がいねぇかとか、見張ってる者がいやしねぇかとか、変装でもして用心してるのかもしれません。いや、もしかしたら、帰る先を知られねぇようにお園にも気を許しちゃいねぇのかもしれませんよ」

意味ありげな言葉を洩らした。

「そうだろうか」

小梅がポツリと呟くと、

「そうに決まってます。小三郎の奴、何か用心しなきゃいけねぇことを抱え込んでるとしか思えないですよ」

喋り通して喉が渇いたのか、弥助は湯呑の白湯を一気に飲み干した。

小梅はすぐに、猫板に置いていた土瓶を持ち、弥助の湯呑に白湯を注ぎ足す。

「わたしの用事で手間をかけさせてしまったから、売り物の雷避けのお札は、わたしが十枚買わせてもらうよ」

「冗談じゃありませんよ、小梅さん」

即座に声を上げた弥助は、右手を左右に大きく打ち振り、

「食い逃げで自身番に連れて行かれたおれを引き取ってくれて、『鬼切屋』のみなさんに預けてくれたんじゃありませんか。その礼ですよ。恩を返すためには、小梅さんの役に立つことならなんでもするつもりですから」

「だけど弥助、あんたの儲けをふいにするんじゃないよ」

「それは任せてください」

そう言って頷いた弥助は、

「今度白い糸を見つけたら、お園が小三郎と会う場所に行って待ちます。その時は、お園の帰りは放っておいて、小三郎の行先を突き止めることにするつもりです」

幾分気負ったように言い切った。

「それはいけないよ」

小梅が咄嗟に異を唱えると、弥助は「え」という顔をした。

「藤の木に巻かれた糸が一重か二重か、そのことをわたしに知らせてくれればいいんだ。巻き方でお園さんと会う場所が決まるというなら、翌日、その場にわたしが

先に行って、二人の逢瀬を待つことにするよ」

「はぁ」

弥助はやや不満そうな声を出した。

「弥助が近づいたりすると、向こうは用心して、わたしが近づけなくなるっていう心配があるんだよ。分かっておくれ」

ことを分けて話すと、弥助はやっと大きく頷いた。

三

夕餉を摂り終えて半刻近く経つが、『薬師庵』の坪庭には明るさが漂っている。

この日の午後訪ねて来た弥助が帰ってから、二刻以上も経つ六つ（七時頃）に近い頃おいだが、半月前と比べると、大分日が長くなっている。居間とは襖で仕切られた六畳の寝間から縁に出た小梅は、軒端に下がっている釣忍を指で軽く押して風鈴を鳴らすと、居間へと足を踏み入れた。

神棚を背にして長火鉢に着いているお寅は、二合徳利の酒をぐい飲みに注いでいた。

「おっ母さん、これ」

火鉢の傍に腰を下ろした小梅が、ぐい飲みを口に運びかけたお寅の眼の前に短冊のような紙の束を突き出した。

「なんだいそりゃ」

「弥助が売り物にしている『雷避けのお札』さ。療治に来た客で、欲しいという人がいたらやっておくれよ」

そう言うと、猫板に置いた。

「どうしたんだい、これ」

それほど関心のない声を出したお寅だが、お札を一枚摘まみ取った。

「なにかと世話になってるもんだから、昼間十枚買ったんだよ。弥助はおあしなんか取れないと言ったけど、四十文（約一〇〇〇円）で買っちまった」

小梅はそう言いながら、茶簞笥《ちゃだんす》から出した湯吞に徳利の酒を注ぐ。

「て、ことは、一枚四文か」

お寅はまじまじと札を見る。

「一日何枚売れるのか知らないけど、感心するよ」

そう口にしたお寅は、長火鉢の縁に片腕を乗せて凭《もた》れると、ぐい飲みの酒を口に運んだ。

「こんばんは、佐次です」

出入り口の方から聞きなれた声がして、

「どうぞ、上がってください」

小梅が大声を張り上げた。

戸を開け閉めする音がしてすぐ、三和土を上がった佐次が居間に現れた。

「どうも、夜分にすみません」

「なんの。冷《ひや》だけど、どうだね」

お寅が徳利を摑んで見せると、膝を揃えた佐次は、

「いただきやす」

軽く頭を下げた。

素早く茶簞笥からぐい飲みを出した小梅は、佐次近くの火鉢の縁に置く。

するとすかさずお寅が、

「季節がよくなって、船宿の船頭は大忙しだって聞くよ」

徳利を持って佐次のぐい飲みに酌をした。

「へぇ。大川の川開き前ですから、夜の屋根船はあんまり出ませんが、朝から夕方までは、上ったり下ったりでしてね。それで、ここのとこなかなか『鬼切屋』にも顔を出せなかったもんだから、久しぶりに三代目のとこに寄ってみたんですよ」

そう言うと、佐次はぐい飲みを軽く掲げて、口に運んだ。

「あたしもここのとこ三代目とは会ってないが、お元気かね」

「へぇ。口入れ屋の親父の信用が厚いもんだから、仕事をすっかり任されておいでのようでした」

『鬼切屋』三代目は料理屋の帳場勤めをやめたのち、今は口入れ屋で働いている。

佐次が返事をすると、

「そりゃ、なによりじゃないかぁ」

徳利を摑んだお寅は、佐次の方に差し出す。

「どうも」

自分のぐい飲みを差し出そうとした佐次だが、その途端、小さく腰を伸ばした。

「どうした」

お寅が問いかけると、

「年ですかねぇ、毎日櫓を漕いでると、腰がちょっと」

腰の方に手を遣った佐次は、恐る恐る体を捻る。

「佐次さん、後でわたしが灸を据えますよ」

小梅が申し出た。

「ありがたい話だが、両国に行きつけの足力屋《そくりき》があるから、そこで思い切り踏みつけてもらって、湯屋でほぐしてみることにするよ」

佐次が断りを口にすると、

「あぁ。それもいいね」

お寅が頷いた。

佐次の住まいは、両国橋西広小路に近い薬研堀《やげんぼり》にある棟割長屋と聞いている。

腰や背中の痛いところを、両方の足で踏んでくれる足力は荒療治だが、力仕事の男たちには評判がいいらしい。

「すっかりごちに与りまして」

酒を飲み干した佐次は、ぐい飲みを長火鉢の縁に置いて立ちかかると、

「あ、そうそう。三代目の家で治郎兵衛さんに会ったんだけど、小梅さんに話があるということだったよ。明日でも明後日でもいいから顔を出してもらいたいと言って、先に『鬼切屋』を出たんだよ」

「分かりました」

小梅が頷くと、佐次は立ち上がって居間を出た。

小梅とお寅がその後に続く。

「そんな、おれの見送りなんかよしてくださいよ」

佐次が笑ってそう言いながら、三和土の草履に足を乗せた。

「佐次さん待って。おっ母さん、わたし明日は出療治もあるから、治郎兵衛さんのとこには今夜のうちに行ってくるよ」

「分かった」

お寅から、そう返事があると、

「それじゃ佐次さん、表まで一緒に」

小梅はそう言って、三和土に下りて草履に足の指を通した。

四

両国へ向かう佐次と『薬師庵』の表で別れた小梅は、大門通へと足を向けていた。

佐次は、浜町堀に架かる高砂橋を渡って北に向かい、汐見橋の袂を右に折れて両国橋の広小路に向かうに違いない。

大門通の辻を突っ切った小梅は、新和泉町の辻を左へと折れた。

元大坂町にある治郎兵衛の長屋は、その辻から一町（約一一〇メートル）と半分くらいの道のりである。

治郎兵衛の話というのは、南町奉行の鳥居耀蔵が養子に行く前、生家の林家で暮らしていた時分、屋敷に奉公していた下女を孕ませたらしいという一件の、その後の調べについてではないかと思われる。

治郎兵衛が『鬼切屋』の初代の元締のもとで働いていた頃からの知り合いだと思われる鎌次郎と丑蔵が、その件で動き出してから、ほぼひと月が経っていた。

「夜分すみません、小梅ですが」

治郎兵衛の家の戸口で声を掛けると、ほどなく障子戸が開いて、

「どうしたんだい」

団扇を手にしていた治郎兵衛が、顔を見せた。

「佐次さんから聞いてきたんだけど、わたし、明日、忙しいもんだから」

「あぁ、そういうことか」

治郎兵衛はそう言って頷くと、大きく戸を開いて小梅を土間に招き入れ、自分は板の間の長火鉢のそばに胡坐をかいた。

「一人でやってたんだが、どうだい」

治郎兵衛は、近くに膝を揃えた小梅に、猫板に置かれたお盆に立っている徳利を摘まんで見せた。

「いただきます」

小梅が応えると、治郎兵衛はお盆に載っていた猪口《ちょこ》を縁に置いて酒を注ぎ、空になっていた自分の猪口にも注いだ。

「あとは手酌だ」

そう言うと、自分の猪口を軽く掲げて口に運ぶ。

「いただきます」

小梅も、口に運んだ。

猫板の小皿に載っていたうるめ鰯の干物を一本口に差し込んだ治郎兵衛が、

「話っていうのは、林家で子を孕んだという下女のことだよ」

小梅が予想した一件を口にした。

そして、長火鉢の引き出しから二つ折りにした半紙を取り出し、

「あれはやっぱり鳥居の子だったようだ。鎌次郎と丑蔵の話は結構長くてね、聞いた後、忘れちゃいけねぇと思って、肝心なことを書付にしておいたんだよ」

治郎兵衛は小梅の眼の前で二つ折りになった三枚の半紙を広げた。

何事か書き記してある半紙の一枚目に眼を遣ると、

「鳥居耀蔵の子を孕んだらしいという林家に奉公していた下女は、浪江《なみえ》っていう女だったが、どうやら、出入りの口入れ屋からの世話で、いなくなる二年前に住込み奉公として屋敷に入ったようだよ」

治郎兵衛は半紙を見ながらそう述べると、さらに、今を遡ること二十六年前の文化十四年（１８１７）の初冬、その当時十九の浪江は突然、林家からいなくなった

ようだと続けた。

だが、鎌次郎と丑蔵は、浪江のその後を程なく突き止めていた。

二十数年前の林家の内情を調べるに当たって、その当時の奉公人、出入りしていたお店者などと知己を得ていた二人は、こたびの調べに際してもその手蔓《てづる》を頼ったらしいと、治郎兵衛は洩らした。

やがて、鎌次郎と丑蔵は、浪江が滝野川村西三軒家で主に牛蒡《ごぼう》を作っている農家に預けられ、翌年、倫太郎《りんたろう》と名付けられた男児を産んだことまで探り当てたのである。

「預けられたっていうのは、そこが浪江さんの生まれ在所というわけじゃないんですか」

小梅が不審をぶつけると、

「当時の浪江を知っていた奉公人たちの話だと、孤児だったとか、二親に死なれた直後に奉公に上がったようだという者がいて、身の上はどうもはっきりしねぇんだよ。その当時出入りしていた口入れ屋は何年も前に廃業していて、浪江の親のことも生まれも分からねぇ」

治郎兵衛は軽く唸ると、猪口を呷《あお》った。

しかし、滝野川の牛蒡農家に口を利いて浪江を預けたのは、代々、林家に出入りする上駒込村の植木屋、『武蔵屋』の四代目当主、耕左衛門《こうざえもん》だということは分かっていると口にした。

「つまりね、上駒込村の植木屋なら顔も広いし、近隣の滝野川の牛蒡農家を知っていてもおかしなことじゃない。その牛蒡農家の庄兵衛《しょうべえ》には、浪江の世話賃として月々三両（約三〇万円）が『武蔵屋』から渡されていたそうだが」

「その三両というのは？」

小梅が軽く身を乗り出すと、

「どこから出た金かは分からねぇということだが、浪江のいきさつを考えりゃ、出どこは、森から木を一本引き抜いた林家しかあるめぇ」

治郎兵衛の推測は、小梅も得心がいった。

「だがね、その三両も、浪江が倫太郎という子を産んだ三年後に打ち切られたそうだ」

治郎兵衛が口にした三年後というのは、文政四年（１８２１）のことで、牛蒡農家の庄兵衛が病で死んだ年でもあった。

「その年っていうのは、奇しくも、後に耀蔵と名乗る林家の三男、忠耀が、鳥居家の娘登与《とよ》の婿となって鳥居家に入った年だよと、鎌次郎が言っていたから、おれは、そのことと三両の金が牛蒡農家に届かなくなったのには、関わりがあると睨んでるがね」

「それは、なんです？」

小梅は、声を低めて尋ねる。

「鳥居耀蔵が、先々のことを慮《おもんぱか》って、縁を切ったってことじゃねぇかと思うんだ。正室の他に子があっても困るようなことはないが、それが男児だったら、後々、厄介なことになる恐れがあるからね」

治郎兵衛が話し出した厄介なことというのは、御家の家督相続に関わることだった。家督を相続するのは、本来、嫡子の長男である。

その長男が、なんらかの理由で死ねば、相続するのはその次男となるのが習わしだという。

しかし、家督を継ぐべき男子が病死などでいなくなった場合は、正室以外に産ませた男子が相続することも珍しいことではなかったが、御家内に揉め事を起こす原因ともなった。

鳥居耀蔵は後々の家督相続のことを考え、諍《いさか》いの種になるかもしれない倫太郎との縁を早々に切ったに違いないと、治郎兵衛は言ったのだ。

その結果、浪江と幼い倫太郎は、三両という金が入らなくなったことで、暮らしが立ちゆかなくなる不安に襲われることになった。

牛蒡農家の庄兵衛のあとを継いだ倅の重吉《じゅうきち》は、当てにしていた三両が入らなくなると知って、浪江母子を家に置いておくのが重荷になり、『武蔵屋』の耕左衛門に泣きついたというのだ。

そんなことがあって、浪江はその年、『武蔵屋』の耕左衛門の口利きで、駒込七軒町の一膳飯屋『きぬた屋』の主で、女房に先立たれて一年になっていた仁助《じんすけ》の後添えとなって、倫太郎共々、住まいを駒込へ移すことになった。

「その一膳飯屋は今はもう跡形もないが、昔から近くに住んでいた村人の何人かは、死んだ女房が残した男の子と二人暮らしをしていた仁助のもとに、二十年ばかり前、子連れの女が後添えに入ったことは覚えていたから、おそらくそれが浪江と倫太郎だろうと、鎌次郎と丑蔵は言っていたよ」

そこまで話をすると、治郎兵衛は猪口に酒を注いだ。

五

ほんの少し開いた戸口の障子から入り込んだ風が、四畳半ばかりの板の間を通って、奥の開いている障子から裏手へと流れて行くので、心地がよい。

治郎兵衛が住む長屋は、東側に浜町堀が流れ込む日本橋川があり、西側には堀江町入堀があって、その間には小さな水路もあるから風の通りがいいのだ。長火鉢近くで話を聞いていた小梅が、勧められるまま酒を三口ばかり口にしたところで、治郎兵衛は、

「それから三、四年ばかりすると、七つ八つくらいになった倫太郎は、養父の仁助の子供と共に、薪《まき》割りや掃除、洗い物なんかもして飯屋の手足となって働いていたそうだよ」

と、その後の浪江母子について話し始めた。

その頃になると、倫太郎は仁助の子やその仲間たちと遊び回るようになっていたらしい。

だが、倫太郎は浪江から「お前の父親は幕臣なんだよ」と聞かされていたらしく、仁助の子やその仲間たちと揉め事があると、「おれのお父っつぁんはバクシンだぞ」と居丈高な声を上げるようになっていた。

そんなことが重なると、倫太郎は仁助の子やその仲間から「バクシン」と綽名《あだな》されるようになり、諍いを繰り返したという。

幕臣というのは、徳川幕府の臣下を指すということを、小梅は知っていた。

『薬師庵』の客の中には、幕臣と呼ばれる旗本、御家人が何家かある。

築地川近くの秋田家は二千石取りの旗本で、御書院番を務めているし、一方でつましい暮らしを強いられている微禄の御家人の屋敷に療治に行くこともあったから、幕臣と言っても、暮らし向きも家格も様々であることはよく知っていた。

「その倫太郎が十になった頃にゃ、仁助の子やその仲間たちとの間には喧嘩が絶えず、友達と呼べるものは居なくなったらしい。倫太郎は飯屋の手伝いもしなくなり、仁助の家の中じゃ、浪江母子は息を詰めて暮らしていたようだ」

書き留めていた書付を見ながら、治郎兵衛はそう話を進めた。

十三になった年、倫太郎は浪江に諭されて、板橋宿の炭屋で住込み奉公をすることになったという。

浪江は恐らく、「お前の子は、この家には置いておけない」と仁助に言われて、泣く泣く家から送り出したに違いないと、当時、一膳飯屋の近くに住んでいた老女が、十年以上経った今も生きていて、鎌次郎と丑蔵にそう語ったということだった。

それからというもの、板橋に行った倫太郎は、年に二度の藪入りにも浪江のいる家には帰って来ようとはしなかった。母には会いたかったのだろうが、養父の仁助やその伜に会うのを嫌ったに違いないと、『きぬた屋』の近所の者はそう見ていた。

「倫太郎が次に『きぬた屋』に顔を出したのは、三年後の藪入りの時で、十六になっていたそうだ」

治郎兵衛は、手元の書付を見て、そう述べた。

しかし、居るはずの家に、浪江の姿が見えない。

倫太郎が仁助に母の行方を尋ねると、半年前に病で死んだという言葉が返ってきたという。

「どうして知らせてくれなかったんだ」

倫太郎が仁助に食って掛かると、

「お前が母親のいる家に寄り付きもしないからだ。知らせたってどうせ来やしないと思ったんだよ」

そう開き直った仁助に怒りを弾けさせた倫太郎は、養父とその倅が浪江を殺したとまで口にして、両者は激しくぶつかった。

倫太郎の怒りはすさまじく、手にした天秤棒で仁助父子を叩くという暴挙に出た。

しかし、成り行きを見守っていた近所の者たちが間に入って、最悪の事態は免れたが、駆けつけた駒込の役人と目明かしに縛られた倫太郎は、仁助父子ともども自身番に連れて行かれたのである。

「駒込に出向いた鎌次郎と丑蔵は、倫太郎を自身番にしょっ引いた際の調べに同席した当時、七軒町の町役人だった人物に会って、その時の様子を聞いたそうだよ」

治郎兵衛は手にした書付に眼を落としたまま静かにそう言った。

鎌次郎たちが聞いた話によれば、役人の問いかけに対して倫太郎は、生まれ育ちなどを素直に受け答えしていたようだ。

母親の浪江がどういう経緯があって滝野川村の庄兵衛の家で世話になったのかは知らないが、自分はその家で生まれたのだと答えていた。

目明かしは役人の指示で庄兵衛の家に行き、家を継いだ重吉に倫太郎の人別の有無を聞くと、村の宗門人別帳に記されているということが分かり、村役人の元へと足を延ばした。

村役人から見せてもらった人別帳には庄兵衛が浪江を預かった年月や倫太郎を産んだ年月も記されていたが、父親の名はなかった。

浪江を預かる際に庄兵衛が受け取っていた書付には、請け人として『武蔵屋』の四代目耕左衛門の名があったという。

「それで、その目明かしは、役人と連れ立って『武蔵屋』に行ったそうだよ。ところが、請け人になっていた耕左衛門は五年前に死んで、今はその倅が家業を継いで、五代目耕左衛門になっていたそうだ」

「でも、身籠った浪江さんを牛蒡農家に預けたいきさつはその五代目も知ってるんじゃないですかねぇ」

聞き入っていた小梅は、思わず治郎兵衛の話に口を挟んだ。

「うん、だがね。五代目によれば、父親である四代目が、身籠った女を滝野川の農家に預けたという話は、死んだ母親から聞いてはいたそうだが、誰に頼まれて浪江さんを世話したのかは知らないそうだよ。そのことについて、四代目は死ぬまで誰にも洩らさなかったようだ」

静かに語った治郎兵衛は、徳利の酒を注ごうとして、ふと手を止め、

「ひとつ、面白い話もあるんだよ」

片手で髯の伸びた頬を撫でた。

「駒込で役人に捕まった倫太郎だが、二、三日のうちにお構いなしとなったそうだ。喧嘩相手の仁助父子も不問になって、家に帰されたんだよ」

「どうしてだろ」

治郎兵衛に尋ねるというより、小梅は独り言を口にした。

目明かしのもとで下っ引きを務める栄吉と親しくしている小梅は、喧嘩とは言え、天秤棒を振るって相手を叩いたとなれば、牢に入れられるほどの咎《とが》めを受けるという話を、度々耳にしていた。

それが、ろくな取り調べもされないまま放免になったのである。

「それについちゃ、おれも首を傾げたよ。するとね、鎌次郎が面白いことを言うんだよ。土地の、駒込の役人たちには、武蔵屋耕左衛門家への遠慮があったんじゃないかってね」

「遠慮というと」

「小梅さん、『武蔵屋』はそんじょそこらの、ただの植木屋じゃなかったんだよ。大名家やお旗本はじめ、大店にも出入りして、庭を作り庭木の手入れも請け負ってる名の通った植木屋なんだよ。だからさ、そんな植木屋の四代目が請け人になっている母親が産んだ倫太郎を、罪人にするのに気が引けたってことだろうさ」

投げやりな物言いをした治郎兵衛が、徳利の酒を猪口に注いだ。

「それで、その倫太郎はその後どう——？」

「鎌次郎と丑蔵によれば、自身番から出された後、倫太郎の消息はふっつりと途絶えたってことだよ」

ため息交じりの声を吐き出した口に、治郎兵衛は酒を流し込んだ。

その時、ゴーンと、遠くで鐘の音がした。

そのすぐあとに、ゴンゴンと短くふたつ撞かれたから、それは捨て鐘である。

五つ（九時頃）を知らせる鐘だろうが、音のする方角から、日本橋本石町《ほんこく》の時の鐘に違いなかった。

六

五つを知らせる時の鐘が聞こえ始めてほどなくして、

「鎌次郎と丑蔵による鳥居耀蔵の子の調べは、倫太郎の消息が途絶えたところで、一旦やめるとのことだよ」

治郎兵衛の口からそんな言葉が飛び出した時、小梅は複雑な思いに囚われた。

十六、七になるまで生きていた倫太郎の消息が、なぜふっつりと途絶えてしまうのだろうか。

耀蔵が鳥居家に養子に入った頃、浪江母子の暮らし向きがよくなるようにと届けていた三両を出さなくなって、父子の繋がりを断とうとした仕打ちと、どこか似たような臭いを小梅は嗅ぎ取っていた。

縁を切るだけではなく、自分の子であろう男の足跡まで消しにかかったとすれば、酷薄非情との誹《そし》りを浴びている南町奉行、鳥居耀蔵の性情に通じるではないか。倫太郎の消息不明に鳥居耀蔵が関わっているという証はないが、小梅の胸のなかには、ただ、もやもやとしたものが残った。

しかし、鎌次郎と丑蔵は、恋仲だった清七の死に疑いを持つ小梅のために、その真相を探るべく動いてくれているのだ。倫太郎のことばかりにかかずらってはいられないということなのだろう。

そうは思いながらも、五つの鐘が打ち終わるまでの間に、猪口の酒を二杯も呷《あお》ってしまった。

「とはいうものの、鎌次郎と丑蔵も、倫太郎のその後を知りたいという思いを強くしていてね、折を見て探りたいといっていたよ」

「本当ですか」

小梅はつい、治郎兵衛の方に身を乗り出した。

「倫太郎の行方知れずが、清七さんの死と関わりがあるかどうかは分からないが、鳥居耀蔵の子供がどうなっているのかは、知りたいというんだよ」

「ありがたいことです」

声を掠れさせた小梅は、治郎兵衛に小さく頭を下げると、

「わたし、倫太郎が一膳飯屋に居た時分、周りの子供たちに、お父っつぁんはバクシンだぞと、自慢げに吹聴していたっていうのが気になってるんですよ」

「なるほど。幕臣ということなら、徳川家の家来ってことだから、旗本か御家人ってことになるが」

そこまで口にすると、治郎兵衛は思案げに天井を向いた。

「林家の屋敷を出て滝野川で子を産み、その後駒込で飯屋の後添えになった浪江さんが、耀蔵が旗本である鳥居家の婿養子になったことを知っていたのかどうかってことだね」

そこで言葉を切った治郎兵衛は、

「身寄りもなく、滝野川駒込の方に引っ込んだ浪江さんに、耀蔵が養子に行ったことなんか、いちいち知らせる者はいなかったと、おれは思うがね。だとすると、子供時分の倫太郎が言ってた〈バクシン〉てのは」

小さく首を傾げながらも話を続けた。

「林家っていうのは、幕府から大学頭っていう官位をもらって儒学を教える役目だ

って聞いたことがあるな。ということは、林家が旗本か御家人かは知らないが、立派な幕臣ってことになるんじゃないのかねぇ」

「はい」

小梅は、治郎兵衛の説に同意するように大きく頷いた。

「きっとそうですよ。屋敷に奉公していた浪江さんだもの。林家が幕臣だってことくらいは、当時から知っていてもおかしくはありませんよ」

小梅は確信に満ちた声を発した。

子供時分の倫太郎は、喧嘩した遊び仲間から、『父無し子《てて》』などと出自のあやふやさを蔑む心無い言葉を浴びせられていたのではあるまいか。

そのことを見聞きした浪江は、父の名は伏せたものの、傷心の倫太郎に父親がれっきとした幕臣であることだけは伝えて、慰撫していたのではないかと小梅には思えるのだ。

「あ、そういえば」

治郎兵衛は徳利を摑むとすぐ、何かを思い出したように呟いて、持っていた徳利を元の場所に置いた。

「鎌次郎と丑蔵は、調べのために何度も滝野川、駒込あたりに通っていたんだが、倫太郎の消息が分からなくなったと知った日の帰り道、日暮れの迫る中山道で、何者かにつけられたようだと言ったんだ」

「つけられた――？」

「西日を背にしていたから、顔は見えなかったそうだよ。ただ、着物も袴も黒ずくめの二本差しの侍ということは分かったそうだ」

「黒ずくめですか」

小梅が思わず声に出した。

黒ずくめの侍の姿は、脳裏に鮮明に焼き付いている。

この二月、日本橋の箔屋『加賀屋』の招きで、亀戸に梅見に行った日の夕刻のことだった。

浅草下平右衛門町の船宿『玉井屋』の船着き場に下り立った小梅は、別の屋根船から下り立った四人の男たちに眼を留めた。背恰好の違う二人の侍の先に立っているのが、材木問屋『日向屋』の主、勘右衛門ということは分かった。

背の高い方の侍は勘右衛門と親しげに話をしていたが、その後ろに、まるで従者のように付き従っていたのが、着物も袴も黒ずくめの侍だったのだ。

『玉井屋』からの帰り、勘右衛門の同行者が気になって、すぐ近くにあった『鶴清楼』に足を踏み入れた小梅は、下足番に勘右衛門がまだいるかと尋ね、ついでに同行の侍が誰なのかということまで声に出した時、暖簾の奥から現れて小梅を睨んだのも、船着き場で見た同じ黒ずくめの侍だった。

黒ずくめの侍のことは、それまでも話には聞いていた。

今年の正月、深川の博徒、『油堀の猫助』の家に何者かが押し入って、親分の猫助と子分二人が無残にも斬殺されるという出来事があった。その同じ夜、油堀の猫助と近しい間柄にあった材木問屋『木島屋』の主とその情婦も斬殺されているのが見つかった。

殺したのが誰か、目撃談も手掛かりもないまま日が過ぎたのだが、かつて『油堀の猫助』の子分だった弥助が、食い逃げにしくじって目明かしに捕えられた。

その弥助が、猫助と子分たちを斬殺したのは黒ずくめの侍だったと告白していた。

それ以来、小梅にとっては謎の人物だったのである。

「つけられたと気づくのも流石《さすが》だが、あのふたりが、黙って手をこまねくことは無かったよ」

治郎兵衛は小さくふふっと笑い、注いでいた猪口の酒を一気に呷った。

鎌次郎と丑蔵は、つけられていることに気付かないふりをして、本郷の水戸徳川家中屋敷前の駒込追分まで黒ずくめの侍を引きつけた後、二手に分かれたという。

鎌次郎は本郷通を真っ直ぐ湯島の方に向かい、丑蔵は駒込追分近くの小路に入り、根津権現社の方へと坂道を下ったのである。

黒ずくめの侍は一瞬迷ったようだが、鎌次郎の後をつけた。

鎌次郎は、侍に気付いていることはおくびにも出さず悠然と歩を進め、加賀前田家の上屋敷大御門前で菊坂町へ下る小道に折れ、三叉路や四つ辻にぶつかる度に右へ左へと角を曲がって、城の外堀に架かる水道橋に至った。

「治郎兵衛どん、おれは橋の袂の辻番所の陰に身を潜めてしばらく待ったんだが、その黒ずくめの侍が姿を見せることはとうとうなかったよ」

鎌次郎は自慢する様子も見せず、淡々と治郎兵衛に告げると、

「その侍は、またどこかで見かけるような気がするよ」

とも付け加えたと、治郎兵衛は小梅に打ち明けた。

「それは――？」

小梅がふと眉を曇らせると、

「おれは以前、小三郎捜しを頼んでいた鎌次郎と丑蔵には、鳥居耀蔵や材木問屋『日向屋』の近辺に黒ずくめの侍がいるのを、小梅さんが見かけたということは伝えていたんだよ。だからさ、これからも鳥居耀蔵の周りを嗅ぎまわれば、その侍が姿を見せるんじゃあるめぇかということなのさ」

治郎兵衛の声はのんびりとしていたが、小梅にはその黒ずくめの侍の存在が、俄に不気味さを増したように感じられた。

七

霊岸島新川の水面を川風が吹き抜けており、幾分心地はいいが、少し西に傾いた日射しに照り付けられて、頭が焼けるように熱い。

日傘を持って出ればよかった――小梅は後悔したが、すでに遅い。

頭に手拭いを載せて日射しを遮っている小梅は、手拭いの端を口に咥え、裁着袴に下駄履きという出療治の装りで道具箱を提げている。

治郎兵衛の長屋で、鎌次郎と丑蔵の調べのその後を聞いたのは、二日前の夜だった。

四月二十八日のこの日、五つ（六時半頃）の鐘が鳴ると同時に『薬師庵』の口開けをした途端、出療治の依頼が来たのである。

「今日は昼過ぎから先約がありますので、八つ半（三時半頃）過ぎなら伺えますが、遠いところならお受け出来かねます」

応対した小梅はそう告げたが、それは断りの口実ではなかった。

昨日、日本橋にある箔屋の『加賀屋』から出療治の依頼があり、それを受けていたのである。

この日の出療治は、『加賀屋』の一人娘、およう への灸据えだった。

去年の十一月から続けている療治は、時と場所を選ばず、頻繁に催す屁の悩みの解消だった。その症状が続いて以来、人前に出ることを怖れ、外出も避けていると いうことだった。

訳の分からない不安感に心身を張り詰めさせてしまう気の病が、臓腑の働きを鈍らせていると診立てた小梅は、手首のツボの『神門《しんもん》』や背中のツボ『神道《しんどう》』と同時に、腹のツボである『中脘《ちゅうかん》』『天枢《てんすう》』『期門《きもん》』などに灸を施していた。

その甲斐があって、おようの放屁の症状は軽減し、二月には亀戸まで梅見に出かけられるまでになっていたのだが、おようは、もうしばらく療治を続けたいという意向を持っていたのだ。

「療治に来ていただけるなら、刻限はこちら様の都合に合わせますので」

出療治を頼みに来た使いの男は、そんな返事をした。

「それで、出療治の先はどちらでしょうか」

小梅の問いかけに、

「療治を望んでいるのは材木問屋『日向屋』の勘右衛門で、出療治先は、以前にも一度お出で願ったことがあります、霊岸島大川端町にある主の隠居所『木瓜庵《ぼけあん》』でございます」

使いの者は丁寧に答えたのだ。

その場所を、小梅が忘れるはずもなかった。

大川端の『木瓜庵』で、材木問屋『日向屋』の勘右衛門と初めての対面をしていたし、後になって知ったことだが、鳥居耀蔵に灸を据えた場所でもあったのだ。

黒ずくめの侍が近辺で動き回る勘右衛門の依頼を受けていいものかどうか、思わず躊躇われたが、なにも『日向屋』の勘右衛門から逃げることなどない――腹の中で己を鼓舞した小梅は、出療治の申し出を受けたのである。

四半刻前に『加賀屋』での療治を終えた小梅は、楓《かえで》川に架かる新場橋を渡り、与力や同心の役宅が立ち並ぶ八丁堀を東へと通り抜け、亀島橋を通ってから新川の北岸に足を進め、大川の河口へと向かっている。

勘右衛門の隠居所である『木瓜庵』は、新川に架かる三ノ橋の北側の袂近くにあった。

檜《ひ》皮葺《わだぶき》の小ぶりな透かし門の柱に掛けられた『木瓜庵』の表札を見た小梅は頭の手拭いを取り、門を開けて、一部二階建ての建物へと向かう。

「日本橋の『薬師庵』から参りました」

戸口に立って声を掛けると、ほどなく、中から戸を引き開けた三十半ばと思しき女が、

「旦那様がお待ちです」

前掛けに両手を添えて腰を折った。

道具箱を手に『木瓜庵』の廊下を進む小梅の前を、迎え入れてくれた女が案内している。以前来た時には初老の女中だったのだが、出迎えてくれた女が前掛けをしているところを見ると、やはり女中なのかもしれない。

廊下の途中で足を止めた女中は襖を開けると、三畳ほどの次の間に小梅を先に入れてから、自分も続き、もうひとつの襖の前に膝を揃え、

「灸師さんをお連れしました」

襖に向かって声を掛けた。

「入っておくれ」

以前にも聞いたことのある勘右衛門の声がした。

「ごめんなさいまし」

小梅は、女中が開けた襖から声を掛けて畳の部屋に入る。

この部屋は、以前、鳥居耀蔵に灸を据えた、庭に面した十畳の座敷である。

大川に面したこの部屋に西日が射し込むことはなかったが、庭の植栽の葉に当た

った光が部屋の中を明るくしていた。

庭近くの縁側に敷いた薄縁に浴衣を着た勘右衛門が胡坐をかいており、腰を下ろした小梅に柔らかな笑みを向けている。

「この度は、声を掛けていただきありがとうございます」

上体を軽く折って小梅が礼を述べると、

「こちらで用意しておくものは、火種だけでよかったのかな」

勘右衛門は、薄縁の近くに置いてある煙草盆を手で示す。

「はい。線香に点ける火さえあれば、助かります」

「おらくさん、こっちはもういいよ」

勘右衛門が次の間に控えていた女中に声を掛けると、

「御用の時はお声を」

おらくと呼ばれた女中は一礼して次の間の襖を閉めた。

その間に、小梅は道具箱の引き出しを開け、煙草盆の火種から火を点けた線香を、道具箱の天板に置いた線香立てに立て終えていた。

「今日は、どの辺りに灸を据えましょうか」

「そうだね。五十も半ばを過ぎると無理は出来ないもんだねぇ。体のあちらこちらが痛くなってね。腰や膝が」

「でしたら、腹這いになっていただきましょうか」

小梅が指示を出すと、勘右衛門はゆっくりとした動きで、薄縁に置いた小さな枕に片頬を乗せて腹這いになった。

「腰ですと、この『大腸兪』『腎兪』『殿圧』に据えまして、膝はこの『陰陵泉《いんりょうせん》』『膝眼《しつがん》』『膝陽関《ひざようかん》』『委中』『三里』あたりに据えさせていただきます」

ツボの名称を口にしながら、小梅がひとつひとつ指で押すと、

「押してもらっただけでも、心地いいもんだ」

勘右衛門はそう言い、さらに、

「このところあれこれと悩むこともあって、頭がちと重くてねぇ」

「肩や首の凝りから頭が重くなることもありますから、腰と脚の療治を済ませてからのことにしましょう」

小梅がそう持ち出すと、

「あぁ、それでいいよ」

勘右衛門はそう答えて、眼をつむった。

小梅は、勘右衛門の浴衣の裾を尻の下まで捲り上げると、左右の膝の裏の『委中』に艾を置いて、線香の火を点ける。

艾から煙が立ち昇ったが、すぐに縁の外に流れていく。

大川に面した部屋には、岸辺に当たる水音が届いている。

行き交う船の櫓の音もする。

「そうだ。あんたは、深川相川町の『笹生亭』にも呼ばれたようだね」

のんびりとした口調で、勘右衛門から問いかけられた。

「あ。旦那さんはそのことをご存じでしたか」

小梅は、咄嗟に芝居を打った。

「うん。あの家の住人を知っていてね」

「鳥居様をですか」

「その名を知っているのかい」

「はい。笹の葉のことや家紋のことなんかをいろいろ話をしていたら、向こうから鳥居だと名乗られましたので」

「なるほど」

「そしたら、以前、こちらに呼ばれて療治をさせていただいたお侍だということが分かりました」

小梅は、世間のことになど関心のない、ただの灸師になり切ることにした。

「その時のあんたの灸が効いたと鳥居様が口になされたのでね、鳥居様が『笹生亭』にお出でになると知って、『薬師庵』に療治を頼んで差し上げたのだよ」

勘右衛門の話しぶりは依然としてのんびりとしていた。

「それはありがたいことでございます」

礼を口にした小梅は、『委中』への灸を三回据え終わると、

「今度は横向きになっていただきます」

勘右衛門に伝える。

「右向きかね、それとも」

「右左、両方の脚に据えますので、どちらからでも」

「ん」

小さく声を出した勘右衛門は、庭の方に顔を向けて横になった。

小梅は、右膝の外側にあるツボ『陽陵泉《ようりょうせん》』『膝陽関』と、左足の膝の内側にあるツボ『陰陵泉』にも艾を置き、線香の火を点ける。

やはり、ひとつのツボに三回の灸を施すつもりである。

「そうそう」

横向きになった勘右衛門が、ふいに声を洩らした。

「なにか」

灸を据えながら小梅が問いかけると、

「この前は、とはいっても二月のことだったがね。浅草下平右衛門町の船着き場であんたを見かけたんだよ」

勘右衛門は感情の窺えない、単調な口ぶりだった。

「はい。辺りは薄暗くなってましたけど、わたしも『日向屋』さんだと分かりました」

「そうだったのかい」

「ということは、あの時、浅草でお互い顔を見合わせていたってことですねぇ。ははは、世の中には思いもしないことが起きるもんですねぇ」

小梅は笑い飛ばしたが、勘右衛門からはこれという応答はなかった。

だが、一呼吸したくらいで、

「あんたは、浅草のあのあたりにも、療治でよく行くのかね」

勘右衛門からの問いかけがあった。

「いいえ。あの時は、療治でよく行く日本橋のお店に誘われて、亀戸天神の梅見に行った帰りだったんですよ」

「あぁ、なるほど」

勘右衛門は得心がいったという声を出した。

小梅が口にした日本橋のお店とは、箔屋の『加賀屋』のことである。

「あの日は、『日向屋』さんも梅見でしたか」

「いや、そういうものじゃないんだよ。夕暮れの大川を遡って、浅草辺りで料理を味わおうということでね」

「そんな風流な集まりだったら、やっぱり訪ねちゃいけなかったんですね」

冗談めかした物言いをした小梅は、燃え切った艾のカスを払った手で、自分の額を軽く叩くと、

「いえ、あの時『日向屋』さんが近くの船宿に入られたのを見ましたもので、『玉井屋』からの帰りに、挨拶でもと思って『鶴清楼』を訪ねて、下足のおじさんに『日向屋』さんがまだお出でかどうか、聞いてみたんですよ」

艾をツボに置いたが、勘右衛門からはなんの答えもない。

「そうしたら、廊下の奥から出て来たお侍に睨まれたような気がしたもんですから、慌てていいですと断って、逃げ帰ってしまいまして、ははは」

話の最後を、小梅は笑いで誤魔化した。

八

勘右衛門がさっき、「浅草下平右衛門町の船着き場であんたを見かけたんだよ」と切り出したのは、小梅がどんな受け答えをするか試したかったからに違いないのだ。

『鶴清楼』に現れた女が勘右衛門の所在を尋ねたことは、黒ずくめの侍の口から伝わっていたはずだから、もしそのことに触れなかったり誤魔化したりすれば、疑惑の眼を向けられると察知して、小梅の方からその話題を切り出したのだった。

「そうでしたか。逃げ帰ったとは、わたしも惜しいことをしたねぇ」

勘右衛門は小梅の話に、笑いを交えた物言いで応えた。

「すみませんが、今度は背中を庭に向けてください」

「ん」

小さく返事をした勘右衛門は、ゆっくりと体の向きを変えた。

膝を揃えた小梅の眼の前には、さっきとは逆に、左膝の外側にあるツボ『陽陵泉』と『膝陽関』が右足の上になった。

小梅は、さっきと同じ手順で『陽陵泉』と『膝陽関』、それに右足の内側の『陰陵泉』にも艾を置いて、線香の火を点ける。

「しかし、あの刻限から船宿で料理を食べたとなると、帰る時分はすっかり暮れていたんじゃないのかね」

「えぇ。でもまぁ、まんざら知らない道筋じゃありませんから、迷うなんてことはありません」

小梅は笑いを交えて返事をした。

「あれかい。何事もなく、無事に帰り着いたのかね」

勘右衛門の問いかけは、殊更探りを入れるような物言いではなく、世間話のような気楽な口ぶりだった。

「それが、途中、両国西広小路を過ぎたところで二人の酔っ払いに絡まれました。この二人は難なく追っ払ったんですが、その酔っぱらいの仲間らしいのにさらに追いかけられまして、遂には匕首《あいくち》を向けられる羽目になったんですよ」

小梅はまるで、芝居の講釈でもするように打ち明けると、

「ほう、それで」

勘右衛門の口から、低い声が聞こえた。

「こっちは刃物なんか持ってませんから、摑んだ天水桶を得物《えもの》にして向き合ったところに、知り合いが二、三人通りかかりまして、その隙に匕首の男は逃げ足早く、居なくなってしまいました」

「その匕首の男は、何者だね」

「さあ。駆けつけてくれた者が匕首の男に何やら喚いていましたが、どこの誰だかは、分からずじまいでして」

小梅は苦笑いを浮かべた。

「しかし、災難だったねぇ」

「ありがとうございます。でもまぁ、両国ってところは、繁華な町ですから、物騒なこともあります。でもま、あの界隈には幼馴染みや顔馴染みがおりますんで、何かと助かってます」

「なるほど」

勘右衛門はそう口にすると、ふうと息を継いだ。

小梅は、匕首を抜いたのが『鶴清楼』からつけてきた小三郎だと知っている。

勘右衛門が小梅の作り話を信用したかどうかは分からない。

しかし、小三郎が鳥居耀蔵や『日向屋』、香具師の『山徳』側に手足として使われている身とするならば、小梅の嘘も方便ということだ。

小梅が大川端町の『木瓜庵』を後にしたのは、西の空に日が沈んだ頃おいだった。

勘右衛門の膝のツボには、五回ずつ灸を据え、その後、頭の重さを和らげる、『百会《ひゃくえ》』や『天柱』『風池』というツボ、最後に足の裏の『失眠』にも療治を施したら、こんな刻限になってしまった。

日本橋と霊岸島と二か所を回るので、夕餉の仕度は出来ないと言って『薬師庵』を出たのだが、果たしてお寅が、夕餉をどうしたのかが、不安である。

気を回して、近所の食べ物屋で食べていればいいのだが、腹を空かせて小梅の帰りを待っていたりすれば、どんな非難を浴びせられるか知れたものではない。

霊岸島から箱崎に出た小梅は、崩橋《くずればし》を通って行徳河岸へと渡り、日本橋川の右岸を堀江町入堀の方へと向かっていた。

堀江町入堀に架かる橋の袂から元大坂町の方へ向かいかけた時、

「あら、小梅さんじゃないか」

思案橋を渡って来た針妙《しんみょう》のお静から声が掛かった。

お静は、小梅が提げている道具箱に眼を遣ってすぐ、

「出療治の帰りだね」

小さな笑みを作った。

「ちょっと遅くなってしまって」

小梅が苦笑いを浮かべると、

「あたしも。頼まれてた仕立て直しが出来たから、やっと今、届けに行った帰り」

お静は、畳んで懐に差し込んでいた風呂敷を片手で叩く。

「おっ母さんが夕餉をどうしたのか、気になって急いだんだけど、こんな刻限になってしまってさ」

「小梅ちゃん、お寅さんなら心配はいらないよ。半刻も前に、お菅さんと二人、堺町の権八に入って行ったのを見たからさ」

お静が言った権八は、父の藤吉が生きていた時分から通っていた小さな料理屋で、酒も食べ物も出してくれるお寅も馴染みの店である。

「それを聞いて安心しましたよ」

小梅が心の底からそんな声を出すと、

「あの人、知り合いかい？」

小梅の背後に眼を向けたお静から、小声で問いかけられた。

小梅は今来た方に首を回したが、見知った顔はなかった。

「今さっき、あたしが小梅ちゃんを呼び止めたら、後ろから来ていた侍が明星稲荷の中に入って行ったんだよ。そしたら、その後もこっちの方に首を伸ばして見てたからてっきり知り合いなのかと思って」

明星稲荷というのは、小網富士と呼ばれている富士塚のある稲荷社である。

「ちょっと行ってみる」

小梅が、半町ほど先の明星稲荷に引き返すと、ついて来たお静が、

「あれ、居ないわね」

稲荷社の狭い境内を見回して、

「裏の道に通り抜けたみたいだね」

と呟いた。

稲荷社の裏手には、行徳河岸の方から堀江町入堀の方へと真っ直ぐ延びている通りがあった。

小梅は、帰り道が同じ方向のお静と稲荷社の裏の通りに出ると、堀江町入堀へ向けて並んで歩く。

「どんな、侍だったの」

小梅が尋ねると、

「顔は菅笠を被ってたから見えなかった。だけど、夏だっていうのに着物も袴も黒

ずくめっていうのは、ありゃ妙だよ」

お静が言う黒ずくめの侍は、『木瓜庵』を出た小梅を、勘右衛門の意を受けてつけていたのかもしれない。

ということは、勘右衛門は、小梅の存在が気になっているということなのだろうか。

堀江町入堀の畔に出て、北の方へ少し歩を進めた時、小梅がふっと足を止めた。

「お静さんは、このまま家に？」

「新乗物町まで真っ直ぐ行ってから、右へね」

お静は北の方を指さした。

「わたしはちょっと寄りたいとこがあるから、ここで」

「そう。じゃ、療治の時はよろしくね」

軽く手を上げたお静は、下駄の音を軽く響かせながら堀沿いの道を北の方へ向かって行った。

小梅はお静を見送ると、堀端から甚左衛門町の道へと足を向けた。

この道の先には、治郎兵衛が住む元大坂町があり、その先には難波町裏河岸があるのだ。

少しずつ翳《かげ》っていく町の通りを進んだ小梅は、竈河岸《へっついがし》に架かる小橋の先の小道を左へと曲がる。

小道の奥には、弥助が居候をしている『雷避けのお札売り』では先達の、金助の住まう『三国店』があるのだ。

今にも倒れそうな朽ちた木戸を通り抜けて、路地に向かいかけた小梅が井戸端で足を止めた。

日の翳った井戸端に突っ立った金助の、濡れた手拭いで上体の汗を拭いている姿があった。

「今帰りかい」

「お。小梅さん」

拭く手を止めた金助が、目を丸くした。

「弥助は帰って来てるだろうか」

小梅が尋ねると、

「あの野郎、おれと別れて売り歩くようになったら、帰りもまちまちになっちまったんですよ。朝早く出るのはいいとしても、五つ（九時頃）って刻限を過ぎてから帰って来ることもありまして」

「そう」

「弥助の奴、昨日は帰って来ねぇし、どこかに女でもこさえたか、入り浸れる岡場所でも出来たのかもしれませんよ」

真顔でそう述べた金助に、小梅はチクリと胸を刺された。

弥助は、小梅のために小三郎捜しを手伝っていることは、誰にも言っていないようだった。

「帰って来たら、今日の内に『薬師庵』に行くように言いますよ」

「ううん。今夜じゃなくていいんだよ。急ぎってわけじゃないから」

「分かりました」

金助が頷くと、

「それじゃ」

小梅は軽く手を上げると『三国店』を後にして、浜町堀へと出た。

小梅が弥助を訪ねたのは、黒ずくめの侍について、詳しい話を聞けないかと、先刻ふっと思いついたのだ。

弥助は、深川油堀の博徒、猫助が二人の子分ともども、黒ずくめの侍の手によって斬殺されるのを見たと、奉行所の役人に打ち明けていたのだ。

そんな弥助なら、その侍の、他とは異なるような癖のある仕草とか体格なりを眼に焼き付けているのではないかと思ったのだが、金助にも言った通り、特段、急ぐことでもなかった。

九

日本橋高砂町界隈は、朝から青空が広がって、文字通り五月晴れであった。

朝餉をとっくに済ませた小梅は、お寅と二人療治場に入って、道具箱の中の、灸に用いる道具や艾などの補充も済ませていた。

茶を飲んでいたお寅を居間に残した小梅は、『薬師庵』の表に出て、道に水を撒《ま》いている。

五月になったばかりの昨日、日本橋界隈は終日、強風に見舞われた。

そのせいで、道はからからに乾き、朝からのちょっとした風でも砂埃が立って、家の中がざらざらしていた。

金助の住まう『三国店』に弥助を訪ねてから三日も経つが、弥助からはなんの音沙汰もなかった。

ただ、訪ねた翌日の朝早く『薬師庵』にやって来た金助は、

「弥助の野郎、昨日も帰って来なかったんですよ」

小梅にそうぼやくと、「やっぱり、女がいるに違いない」とか「もう、面倒見きれねぇ」などと喚きながら、雷避けのお札売りに出かけて行ったのである。

水を撒き終わったところへ、チリンチリンと、小さな鈴の音が近づいて来た。

顔を上げた小梅の眼に映ったのは、笠をつけ、揃いの白装束に身を包んだ五人の巡礼である。御詠歌を口にしながら、手にした金剛鈴を合いの手のようにチリンチリンと鳴らしながらゆっくりと歩む一行は、浜町堀の方へと去って行った。

思わず手を合わせて見送った小梅は、手にしていた柄杓《ひしゃく》を桶に突っ込んだ。

六つの時の鐘を聞いてから、そろそろ一刻が経とうとしている。

『薬師庵』の仕事始めの刻限が迫っていた。

小梅が桶の把手を摑んで戸口に向かいかけた時、

「小梅」

背後から、聞き覚えのある声がした。

小梅に近づいて来たのは、目明かしの矢之助親分の下っ引きを務めている、幼馴染みの栄吉だった。

「ちょっと、おれについて来てくれ」

栄吉には珍しく、険しい顔でそう告げた。

「何ごとさ」

「御用の筋なんだよ。向こうには、うちの親分も、北町の大森様もお待ちなんだ」

栄吉は、ほんの少し戸惑った挙句、小梅の問いかけをはぐらかすような返答をした。

これ以上事情を聞いても埒は明かないと踏んだ小梅は、

「分かったよ」

そう言うと、家の中に飛び込んだ。

五つになったばかりの人形町通は、お店の奉公人や早足で行く棒手振《ぼてふ》りなどが入り交じって、朝の活況を呈していた。

高砂町の『薬師庵』を後にした栄吉が、人形町通を突っ切って堀江町入堀に至り、道を左に折れたところで、

「わたしをどこに連れて行くんだい」

小梅は初めて行先を尋ねたが、栄吉からは、

「箱崎町の番屋だよ」

ぶっきらぼうな声が返ってきただけである。

先刻、水撒きを終えた小梅は、御用の筋で出かけなければならないとお寅に了解を取ろうとしたが、

「どうしてだい」

案の定、不愉快そうな声が返ってきた。

小梅が出かけると、一人で客の療治をしなければならないことにお寅は拗ねているに違いなかった。

療治の客が立て込めば、休む間がなくなるということが嫌なのだ。

小梅は、呼びに来た栄吉に、「何か言っておくれよ」と助けを求めたが、

「おれは、親分に小梅を連れて来るよう言われただけで」

言葉を濁した栄吉までが、大いにお寅の不興を買ってしまった。

「分かった。わたしが戻って来るまで、『やすみます』の札を下げて、おっ母さんは奥で寝てればいいよ」

そう言い放った小梅は、お寅の返事を聞きもせず、栄吉と共に『薬師庵』から飛び出したのである。

堀江町入堀の畔を日本橋川へと進んだ小梅と栄吉は、鎧河岸を下り、行徳河岸から崩橋を渡る。

すると、箱崎町一丁目の角で、栄吉は二丁目の方へと左に曲がった。

小梅は、少し先を行く栄吉に続いて、町家と大名屋敷の間に延びている大通りを大川の上流の方へ向かう。

大通りの先は、田安家の下屋敷の敷地で行き止まりになっていたが、栄吉は枡形になっていた岸辺を左に曲がると、

「あの番屋だ」

行く手の岸辺にある小屋を指さした。

小屋の表には、北町奉行所の同心、大森平助はじめ、厩新道《うまやじんみち》の目明かし、矢之助や土地の目明かしらしい者や町内の者たちが、路上に置かれた筵《むしろ》を囲んでいた。

栄吉に続いた小梅が人の輪に近づくと、少し盛り上がった筵から突き出ている左右の裸足が眼に入った。

「親分」

栄吉が矢之助に声を掛けると、傍にいた大森も振り向き、

「わざわざすまないね」

「わたしに御用というのは――」

小梅が、声を掛けた大森に恐る恐る尋ねると、

「これを」

矢之助が腰を屈めて、筵をめくった。

「あ――！」

声にもならない声を上げて、小梅は息を呑んだ。

筵の下から現れたのは、白蠟のような弥助の死に顔だった。

弥助の金壺眼はしっかりと閉じてしまい、開く様子は微塵もない。

「食い逃げで捕まえたこいつをもらい受けてから、小梅さんが面倒見てたと聞いていたから、来てもらったんだよ」

大森の話に、小梅はただ、小さく頷いた。

「小さな太鼓を付けた竹の輪っかを背中につけたまま、少し上流の中洲に引っ掛かってるのを、今朝早く荷船の船頭が見つけたんだよ」

矢之助は静かにそう言い、弥助の顔に筵を掛けた。

「弥助は、どうして――」

小梅は、やっとのことで口を利いた。

「脇腹を刺され、首の横を斬られててね。土地の者の話だと、両国辺りの喧嘩騒ぎで殺された者が川に落とされて、ここらあたりに流れ着くことがよくあるらしい」

大森はそう言うと、

「着物もところどころ破れているし、喧嘩の挙句に匕首で刺されたり斬られたりしたようだ」

そう付け加えた。

「匕首ですか」

小梅が、訝るように口にした。

弥助が刺されたと聞いて、ふと頭を過ったのは、油堀の猫助の家に押し込んで殺《さつ》
戮《りく》に及んだという黒ずくめの侍のことだった。

「傷の痕から、使われたのは侍や浪人者が腰に差してるような太刀じゃないんだよ。

大森様もおれも、得物は匕首だとみているよ」

矢之助の話に、小梅は声もなかった。

匕首を持ち歩いている男に心当たりがあった。

亀戸天神に梅見に行った夜、つけてきた小三郎から匕首を突き付けられたことがまざまざと蘇った。

弥助はもしかすると、小三郎の足取りを追っていて、近づきすぎたのかもしれない。

あれほど、無理はしないようにと言ったのに――小梅は、胸の奥で独り言を呟いた。

「小梅さんの役に立つことなら、なんでもするつもりですから」

そう言った弥助の明るい声が、小梅の耳に響き渡った。

本書は書き下ろしです。

小《こ》梅《うめ》のとっちめ灸《きゅう》

(四)傘《かさ》ひとつ

金子《かねこ》成人《なりと》

令和5年12月10日　初版発行

発行人――石原正康
編集人――高部真人
発行所――株式会社幻冬舎
〒151-0051東京都渋谷区千駄ヶ谷4-9-7
電話　03(5411)6222(営業)
　　　03(5411)6211(編集)
公式HP　https://www.gentosha.co.jp/
印刷・製本―株式会社　光邦
装丁者――高橋雅之

幻冬舎時代小説文庫

ISBN978-4-344-43342-7　C0193　　か-48-8

この本に関するご意見・ご感想は、下記アンケートフォームからお寄せください。
https://www.gentosha.co.jp/e/